U0087122

捕捉
生活中的 美

林加春——著

自序／捕捉生活中的美

住在湖畔，難得四周沒有緊鄰，荒蕪的空地藏著許多可能，動手去挖掘、栽植，遂就種出對天地、對生活、對人鳥蟲物、樹木花草的無數心醉感動。

於是，又拿筆寫樹木沉靜的身形，寫鳥兒歡快的歌唱，寫湖光水氣氤氳明媚的風光，鋪敘成生活中一幅幅動人的織錦。

只是，寫作這些篇章的七八年間，一棟棟豪宅大樓櫛比鱗次的矗立在湖的四周，看著一湖煙樹、倒影碧波沾染世聲俗影，還無端惹來澄清湖應開放免費入園的爭論，當真「梧桐葉上三更雨，別是人間一段愁」了。

必須承認：生活要有美感，日子才會悠然自適。身忙心茫的勞碌眾生，若能學習捕捉生活中的美，生命視野自會無限擴展。

生活中的美，俯拾即是，桃源未必在深處。鳥唱蟲鳴風吹雨打，都有不同音色節奏曲式，天籟毋庸高額消費，只需從容聆聽。天光雲影、花草樹木，觸目所及都是招展蓬發的色彩線條，解讀這些言語姿態，不必理論教條公式，只用生命直覺去看待，大自然發出的深情呼喚，就能盈盈入心懷。

但是，山水韻從來不使俗人聞，想看鷺飛江田而忘機於煙水，也要捨得拋錨匆忙的腳步，擱淺緊繃的心情，放逐累贅的功利，去親近土地，留意腳邊身旁肩上頭頂的諸多風景。聞一聞花香，聽一聽鳥叫，看一看山嵐，吹一吹海風，把眼耳鼻舌身意都交予大自然溫情熨貼吧。再不然，擷摘幾句都市塵囂，作為美麗心情的通關密碼，也是個樂趣。

生活若一成不變，美感能促成變化；生活若變動無常，美感能幫助身心安頓。捕捉美，不能離開生活，也更難離開大自然。

目次

小生命大驚奇

搬到湖畔居住的這一年，見識到許多從不明白的小生命。

第一次發現長喙天蛾，簡直驚為天人，誤把牠當成蜂鳥，心中的興奮有如中了樂透大獎。等後來從網路得知真相，雀躍歡喜的情緒雖然消失，但始終印象深刻，念念不忘。因為這是我觀察自然生態的初次錯誤，卻也美麗！

捧讀「螞蟻」系列，把前後三本厚厚鉅作看完，對書中描述的情節大呼不可思議。想到有人能將螞蟻作如此研究、想像，委實佩服。這之後每當再看到螞蟻爬上流理臺，伸手驅趕前總有些

許遲疑，腦海裡浮上幾個警語：「蔑視！」「可怕的手指！」「相對智慧與絕對智慧！」我不確定眼前所見的是幾號螞蟻或是哪一支遠征隊，但都一視同仁的給予喝采：偉大的小東西！

也是住到湖畔後，才第一次看到八哥鳥在簷牆、屋頂、窗檯、欄杆大聲唱歌，成群嬉鬧的景象，對這黑羽上綴白紋的傢伙，有著極新奇有趣的觀察經驗。牠們的叫聲響亮，抑揚頓挫鮮明有秩，像在對白、唱和，我猜大概是求偶季節才有如此浪漫挑逗的真情演出吧！比較起來，習慣在電線桿上開演唱會的烏秋，

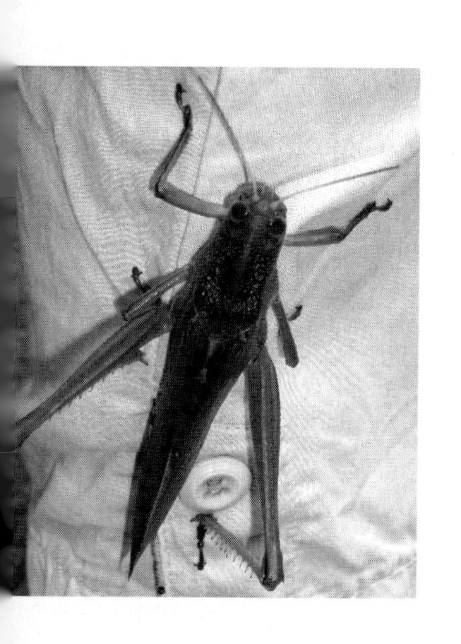

叫聲又大不相同了。八哥鳥會作連串的音節敘述，烏秋就只是單音節的長音，儘管一樣是音色明亮，卻就不如八哥鳥的話語來得動聽！

可以和八哥一較高下的，大概只有白頭翁的亮麗歌喉了。這頭髮花白的隱士，經常不甘寂寞的自言自語！當屋外的老茄苳樹上，白頭翁第一聲響起的樂音劃破天際，天就亮了，於是眾鳥齊唱，聲聲悅耳。水泥叢林中的常客來到這裡也令我驚豔！

灰頭鷦鶯又是另一種典型。袖珍的個子，站在草堆裡、灌木叢或樹梢上，就算牠挺直身體，我搜尋的眼光還是會把牠漏失，總要循著叫聲才能找到牠的嬌軀。一串約六個音節的長音，在夏秋間叫個不停，牠的肺活量怎會如此強大？想起

小時我們都把牠叫作「嗶啵仔」不禁搖頭失笑，很傳神的名字喔。

螳螂、蝗蟲、蟋蟀、蚱蜢、蜻蜓、豆娘、蝶、蛾、蟾蜍就更不用贅述了，可謂族繁不及備載，數量多，色澤、花紋的變化也豐富。其他細小生物當然也不會缺席，或許就是因為牠們啟動了食物鏈，才使得自然界充滿熱鬧的生態。這些小東西隨著各自的步伐節奏，毫不氣餒、毫不做作的展露美麗生命，來去自在，沒有牢籠，沒有侷限。哎，生命，唯有在最認真的情況下才能璀璨發光！我所貢獻的，只是一雙眼睛、一對耳朵、一顆開闊的心，眼前這些自然界的小東西，時時處處都宣告著我的渺小！

心靈沙拉

家裡廚房窗戶正對著一座美麗的社區，花木扶疏、道路整潔，讓我的柴米油鹽每天都呼吸到清新的空氣，還不時有意外的訪客出現窗外，點綴這已經繽紛燦爛的花園社區，煮飯用餐因此都成為悠閒怡悅的雅事。

上禮拜，一群綠繡眼在窗前的斑葉欖仁樹上，窸窸窣窣討論著要去探險一類的事情，之後，有幾天不見了身影。前天，牠們又來到斑葉欖仁樹上，一邊踩落細小的樹葉，一邊發表牠們探險的收穫。纖秀的樹枝輕緩顫動，可以察覺到小傢伙們興奮極了！

社區圍牆和我家圍牆間是一條大溝渠，裡頭有不少大小魚兒，這，就引來鷺鷥的大駕。常常在我抬頭間，瞥見白白的身影掠過；或是在切菜之際，聽到牠喑啞嘎叫的聲音；有時自空中沒入圍牆下，有時從圍牆下衝出來。我想像著牠叼起一條大魚，飽餐一頓，心裡也替牠高興，說不定哪一天，鷺鷥會叼來一條魚，讓我的晚餐加道菜呢。牠嘎叫離去時，一定是說：「諾，嚐嚐看，我的好鄰居。」

昨天，社區圍牆的鐵絲網上，站著一隻橄欖綠的鳥兒，開開心心唱著歌，足足有半個小時。小小的頭動個不停，黃色的嘴巴短短卻大大聲的歡唱。儘管天上烏雲

密佈，這隻鳥兒儼然是呼喚雷雨的精靈，在隆隆雷聲中越發唱得精神極了。

頑皮聒噪的八哥，總是站在社區陽台、樓頂或外牆上，大落落的唱起情歌，很有山歌對唱的趣味。我喜歡看牠們唱唱跳跳，彷彿這情歌是為我唱的。不過白頭翁絕對不會同意我的一廂情願。牠們哪，直接就在我窗前的桂花上大聲糾正我：「專心洗菜！別浪費水。」響亮的嗓音蓋過了八哥。我低頭洗菜，心裡卻暗自發噱，嘿，這些訪客管得也太多啦。

訪客們來來去去，在我窗前寒喧、問訊。隨著牠們身影跳動、飛翔、穿梭，我的視線也上下游移，逡巡、捕捉，耳朵則是忙著接收牠們拋下的片言隻語。享用這歡樂鳥語和璀璨花顏拌成的心靈沙拉，我，福氣啦！

美麗的錯誤

庭院的鳳仙花叢下，出現一隻「飛行者」。稱「飛行者」，因為牠很小，移動很快。起初只以為是普通蒼蠅之類的昆蟲，在院子裡盤旋，卻發現牠儘繞著花叢打轉。仔細瞧，才看出牠比虎頭蜂稍大些，翅膀振動得極快，能停留在空中。

是蜜蜂嗎？

為了弄清楚，我花上好些時間「盯梢」。這小傢伙有一支細細長長的探針，正確的說，那是牠的嘴喙，快、準、穩的插入鳳仙花蕊中吸取花蜜。看著牠把探針插入、推進、拔出，然後轉向另一朵鳳仙花，再插入、推進、拔出，每一朵花大約停留二到三秒時間。也只有抓住這麼眨眼的瞬間，勉強看清牠的黃褐色身軀，尾端鑲黑邊，像是隻鳥！

咦，「蜂鳥」！

腦海裡跳出這個名詞的同時，一陣幸福的電流傳遍全身。從小到大，只從圖片、文字中知道牠小得不可思議，比花朵還小的鳥兒，宛如拇指姑娘般的精巧可人。天哪，居然能在自家庭院裡，看到夢寐以求的世界最小鳥類，太幸運了！傻傻望著牠，追著牠的身影，我的心情如同滿天晚霞，又亮又美。

意外的發現讓這一天的剩餘時間充滿歡愉。我無可救藥的把「發現蜂鳥」跟「溫馨浪漫」接上等號，好棒呀，幸福的一天！

上網去找蜂鳥，又再度看到牠：長喙天蛾！——常出現在庭院中吸食花蜜，易被誤認為蜂鳥……蜂鳥只出現在南美洲……

瞪著螢幕，我的腦子一片空白。唉，竟把天蛾當蜂鳥！

這美麗的錯誤，讓我的快樂就像滿天晚霞，迷人卻短暫！

風暖鳥聲碎

今年初氣溫特低，直到三月後才逐漸回暖。春回大地，除了植物知曉，鳥兒也見出端倪，一時間，住家周圍熱鬧非凡。

麻雀原本就成群聒噪，今春更是吵鬧得兇。白頭翁嗓門大，多半清晨傍晚來，竟也一反常態的，成天在屋頂樹梢吼叫，聲音也頗有不同，像學唱饒舌歌的小伙子，聲嘶力竭卻不知唱些什麼。綠繡眼素來怕人，稍一注視就轉頭離去的，三月以來卻變得大方活潑，在樹葉間穿梭來去、嬉鬧追逐，不怕人看。他們細碎清脆的尖亮高音，活像一長串音符跳躍在空中，讓人想伸手擷取。

春天，繁花盛開草木滋長，一片盎然美景逗得鳥兒們也春心蕩漾，求偶找伴，歌聲越發嘹亮悅耳。花木聽著樂音，不甘示弱，抽芽長葉開花，益見姿色。

斑鳩的咕咕鳴叫從開春到現在不曾斷過。其實以往都聽得見，但今年尤其頻繁，不分早晚，那咕咕聲隨處可聞，求偶動作煞是有趣：叫一聲，鞠一個躬，再叫，再鞠躬。你一聲我一聲，叫一陣，飛起來兜兜圈，再停下來，又叫又鞠躬。似有情又無意，欲拒還迎的姿態，叫人哂然。斑鳩如此，鴿子也是，枝頭春意鬧，鳥兒是主角！

隨著天氣轉熱，鬧春的陣容更加壯觀。去年秋天跟樹鵲照過面後，他們的叫聲被我放在心頭，時常側耳尋找。果然春光無限美好，他們也來獻唱。特殊的羽色和長長的尾羽，加上飛行時波浪般起伏的路線，搭配那獨樹一格「喀搭」金屬碰撞的叫聲，很快成為這春宴上的目光焦點。

意外邂逅夜鷹，在四月。最初聽到昏茫夜色中傳來響亮口哨，想是哪家春風少年兒在呼朋引伴，但一聲緊接一聲，忽近忽遠，才發現空中疾掠而去的黑影。望遠鏡追不到這神秘客，卻每晚口哨直吹到深夜，彷彿情人在窗外痴心呼喚，夢裡全是浪漫！

本以為日高花影重，惹得鳥兒唱碎一春暖風，不料低垂夜幕下還有夜鷹登場，莫非星月也能撩起春思？

屋子四周都有大樹，來駐足歡唱或中繼歇息的鳥兒很多，築巢成家的也不少，每日天籟聽不完，我的心滿溢幸福。

時序進入六月，一對斑文鳥飛來羅漢松頂端築巢，他們的溫馨家園就卡在隱密堅固的枝葉裡。幼雛呦呦索食的聲波綿密細長，看松葉震動頻頻，顯然鳥丁興旺。這聲音每隔兩小時響起，炎夏裡聽這樣穿腦魔音，人如中邪般逐漸合眼，等餵食完畢約十分鐘後，魔禁才會自動解除。

七月初，桂花下看到一丸土塊，居然會細細鳴叫，蹲身一看，呀，是小雛鳥！這同時，盆栽榕樹上的一片葉子也倏地出聲，喔，又一隻小雛，仰頭對我啼泣，似乎說：「爸爸走丟了！媽媽走丟了！」不一會兒來了兩隻綠繡眼，從桂花頂叢一路叫下，小不點兒也張啟黃口應和。看到孩子，親鳥忙去找食物來餵，完全無視我的存在。

頭一遭這麼近距離看清綠繡眼的眼眉和綠裳，也近距離看清親鳥的靈巧和勇敢。學飛，是必要的過程，再是危險、不捨，都要讓孩子去嘗試、學習。看兩隻小不點擠成團還沒有一隻麻雀大，親鳥這一路伴隨到底擔了多少心呀！

天黑前親鳥始終在樹下呼喚逡巡，等到夜色昏暗了桂花下才回復安靜。隔天特地起早來看，桂花枝椏間已經是吱吱啾啾，叫出一片燦爛晨光。親鳥不客氣停在樹枝上，衝著我咻咻嚎叫，分明笑我起晚了。心中有股衝動，想把親子一同留下，做我的籠中客。終究沒有動手，因為知道，綠繡眼在籠外才有歌唱天地的能力，失去自由的綠繡眼，只會唱生命的悲歌。還是讓他們在花葉上快樂啁啾，見證天地的無限美好。

其實，所有來我園中的鳥兒全都該以雅士尊稱，即連麻雀，也為這方天地添加靈動聲色，他們的飛起竄躍，都在壁上地面留下浮光掠影，畫出優雅的線條構圖。這園子滿是鳥鳴，聽久了人融入其中，不覺得有聲音存在，天地人寧謐契

合。但突然一絲微風拂過，一片葉子搖震，一個黑影閃掠，心也跟著移轉、動盪，那原先的靜，立刻如水波漾晃般碎了。也就這麼心念轉動間，各色鳥鳴隨著晃漾的水波，從四面八方流過來，又把我包圍了。我就這麼終日浸浴在此起彼落的啁啾鳴唱裡！

院子裡花木不少，鳥兒們來總有得吃，簷下屋頂樹上隨處可住，接待這群高來高去的朋友，要做能做的不多，但眼耳鼻舌身意都不得閒。鳥事，也是忙啊！

野鳥的畫展

書房前的步道，入秋後成了彩色畫布，每天都有不同圖畫呈現，如印象派畫作般，這裡一團紫，那兒一堆紅，又雜著些橙啊黃啊，冷不防一點墨綠從天而降，「啪」的噴出驚嘆，立刻成為醒目主題。

這樣的畫作，隨時添加內容，不斷改變樣貌，若不勤加刷洗，步道石材吸飽了色料，便會留下印記。刷洗過了的步道，回復泥灰本色，只不多久，繽紛的抽象畫又再度出現。

步道旁種有一棵老茄苳樹，結實纍纍，成串果子招來了鳥

兒，繁茂枝葉更成為鳥兒的遊樂場，除都市三友麻雀、綠繡眼、白頭翁之外，斑鳩、樹鵲、烏秋、八哥、白環鸚嘴鵯、白鶺鴒等也頻來顧惜。只見牠們追逐雀躍，攀上飛下，葉子被挑逗得陣陣細顫，果實被翻揀得芳心大亂，一個把持不住便掉下樹來，碰濺出的汁液很快就成為紅褐色點畫。

而吃飽了的鳥兒們，不但飛來這裡休憩，還大大方方將「便便」灑落步道上，一團團、一點點、一堆堆、一塊塊，絢爛的色彩以各種不同形式拋下，原本潔淨灰白的石板就變得花不拉嘰，難再與翠綠的草坪相襯映了。

起初，我抱怨。接水管、拿刷子、不堪其擾的沖洗，對這髒兮兮的鳥屎有一肚子氣。

後來，我驚奇。當刷洗動作從負擔變為一種習慣，腳下的色彩開始吸引我，注意到這隨性又野趣的塗鴉。

仔細端詳。黃色，是南美小櫻桃的貢獻；紫色，無疑是採擷

自桑葚；褐色，肯定是茄苳果實的化學作用。樟樹種子又提供了什麼？橙色、紅色、藍色呢？附近有哪些植物的果實種子能帶給鳥兒這些顏料？啊，還有榕樹果實、芒果花或者我餵食野鳥的香蕉、美濃瓜、小蕃茄、金桔、柳丁等，怕也都在牠們腹腸中，磨合成更多細緻染料，在步道上揮灑。

一向以為，鳥兒是大自然的音樂家，用美妙嗓音和合聲歌詠天地，不知牠們還能作畫，無須畫筆、就地取材的即興創作，渾然天成，而且絕不重複！

現在，我珍惜。佇立步道，欣賞鳥畫家的「ㄆㄨ　ㄆㄨ」畫作，彷彿見到田野豐富的收穫逐一攤示在石板上。清洗石板已由習慣昇華成儀式，每天點數這畫作中透露的香甜與歡樂訊息，也點數自己的幸福與感恩指數。低頭彎腰的同時，我思忖自身的渺小，感謝天地的賜予！

無須走入田野，這步道的抽象畫，已把秋天大自然豐富的收穫逐一攤示。欣賞鳥畫家們的即興創作，彷彿聞到香甜，嗅察出歡樂氣息。秋的嘉年華日日在步道熱鬧登場。

當鳥兒們為自己腸肚的豐收在枝頭歌唱炫耀，我也受到盈耳鳥語的召喚，離開案牘走向步道。傍晚茄苳樹下的賞畫，成為秋日裡我與樹共享的幸福儀式。

樹下的空鳥籠

住到郊外後，陸續養過多種鳥兒，但最後鳥籠都是空的！

為鳥事起頭的三隻小白文鳥，是我從黃口小兒餵起，後來會唱會跳了，家裡成天聽到快樂歌聲，讓人心頭無限歡喜。我把鳥籠掛在戶外大樹下，牠們也許被大自然的美景召喚，不知用什麼方法飛出籠子。

也有別的鳥飛來。一隻撞到玻璃昏暈跌落的紅黃色牡丹鳥，被我救起放進鳥籠中。牠的歌聲宛轉嘹亮，旋律優美，勝過先前的白文鳥，還引來一隻藍綠色牡丹鳥，接連幾天隔著鳥籠一起唱和。我將籠門稍稍開啟，想誘牠入籠，怎料牠飛走了，原先的牡丹鳥也趁亂飛出。鳥去籠空，我「賠了夫人又折兵」！

後院一整排桂花下原是孔雀鴿的花園，他們一家三口在這兒散步依偎，很是浪漫。但野貓覬覦良久，終於找到破壞欄網的方法，先後咬死了小鴿子和母鴿子。深夜的慘劇總在隔天清晨才被發現，鳥兒夜盲而人夜夢方酣，都不敵貓的鬼魅夜行。

貓的得逞讓我自責，從此放孔雀鴿自由來去，任牠帶著我閑逸的心飛上藍天遨遊。空了的鳥籠掛在樹梢，提醒我敞開心靈，望向更寬廣的天地。

院子裡鳥兒們來去頻繁，我本以為自己是開了間民宿，接待這群精靈朋友，卻無心插柳的變成鳥爸爸，辦起託鳥所，幫著照顧幼雛。

一回颱風過境，風狂雨驟，路面積水至膝。等積水退去，清掃庭院時，在機車腳踏墊上發現一隻濕淋淋、蜷縮發抖的雛鳥，

趕忙捧進屋裡吹乾。小東西胎毛黃捲，眼睛尚未睜開，應該是鄰家芒果樹上掉下來的斑鳩。這隻整天不停「咻咻」細聲叫餓的鳥娃兒，喜歡追著我跑，爬到身上討吃食，模樣嬌囡極了。考慮再三，等牠會啄食東西，羽毛長齊翅膀長硬，我便放牠自由。

此後遇到疾風暴雨，我習慣庭院四周檢查一番，很多被風雨打落的幼鳥，稚嫩的軀體敵不過飢餓寒冷或是一灘積水，生命從此殞落。救活的少，讓我惋惜。

禽流感威脅一起，我用盡方法把已成為名士派的鴿子老兄重新召喚回籠。剝奪牠的自由，只希望人禽平安、互不困擾。

累積的經驗和教訓不少，我因此不再貿然養鳥，偶爾客串保母，也不再以主人自居。畢竟，人鳥皆同，都只是天地過客！

鳥之歌

聆賞鳥兒們歌唱，不但耳力練得更敏銳，連心思也會輕盈歡悅。

白環鸚嘴鵯的歌聲較白頭翁清亮婉轉，能唱較長的曲式；白頭翁多半是一兩句的反覆對話。往年，茄苳綠果開始要轉梨子黃時，這能唱曲的精靈就會來枝頭歡唱高歌，讓串串漿果更甜美多汁，也讓人在窗下閱讀且悅聽。

斑文鳥來過茄苳樹上嬉鬧，偶爾改到另一邊的赤楠枝葉去哺育幼鳥。去年在茄苳綠葉裡觀看牠們仔鳥追著親鳥，呦呦索食，這枝跳過那枝，熱鬧溫馨的學飛歷程。茄苳樹呵護鳥兒們不遺餘力，但小傢伙們一旦長成就便飛離，讓茄苳寂寥落寞，身影益顯滄桑。

當然，麻雀、綠繡眼、白頭翁、斑鳩這些都市之友，還是來茄苳樹上啼唱，通常閒話聒噪一陣又即刻轉移陣地。屋子後各家大樹蓊鬱茂密，玉蘭、斑葉欖仁、赤楠、肉桂、桃花心木、樟樹、芒果樹，棵棵高過六米，儼然成林，讓鳥兒有很多棲處。順著圍牆籬笆鐵絲網欄杆，還有九重葛、軟枝黃蟬、使君子、炮仗花、蒜香、野生百香果等，牽牽掛掛繽紛繁華。通往曹公圳的水溝穿過這綠叢流出汩汩水聲，白鷺鷥循著水光溼氣低飛，把沙啞粗糙的嘎嘎聲丟入溝中。

有鶺鴒築巢在溝旁雜木芒草間，小巧身影展現嘹喨歌聲，「咻咻咻咻」，草葉輕微彎腰點頭，跳躍的音符便就在空間裡美麗了聽覺視覺。隔著牆，我為這美麗歡悅呆立過許多回。

黑枕藍鶲則是常客，屋子四周綠蔭都有牠們「回回回回回」獨特唱腔。偶爾我學鶺鴒「咻咻」聲打招呼，會得到「回回回」的呼應；一隻友善藍鶲不怕我看，跳上枝梢來找朋友，幾次後熟稔了，只要「咻咻」輕喚，牠就出現在頭上細聲「回」我。更多時候，我安靜聆聽，任牠們枝頭綠籬呼喊成一片青春。

白頭翁啣著一顆鮮紅圓果停在矮牆上，橄欖綠羽色和頭頂白帽、黑眼珠，加上那潤紅珠圓果實，美麗極了。牠跳蹦兩三步左轉右轉，挑個風

景好的視野要佐伴美食，然後張嘴，果實輕輕滾落。啄一下，期待中的甜美漿液沒噴濺出來，牠啣起、放下、再啄，這次力道太大，果實滾落地面，圓滑飽滿的紅果似乎要滴淌出甜液了。但白頭翁跳跳，左右看看，拍翅飛走不眷戀地上果實，牠都還沒嚐到滋味呢。

我撿起這顆紅果，是南美假櫻桃，稍用力捏，黃細黏稠的果漿流出香味帶了甜膩。西邊水道靠馬路是有幾棵野生南美假櫻桃，這時節已有熟果了。放下這一顆果實，陽光曬乾它之前，螞蟻很快會來吸吮搬運，不留下痕跡。

分享，是鳥兒們的習慣。掉落地的果實便不再撿拾，留給其他生命去運用，一如牠們將歡樂歌聲留在天地之間，讓俗塵煩人的視聽和心靈得到洗淨。這樣的分享，我格外珍惜。

「雀雀」私語

麻雀，這常見的鳥兒，實在有趣得很。

牠們會在屋外各處嬉鬧唱歌，活動空間不限於樹上、屋簷、牆角、電線。我就看過幾隻麻雀停在機車手把上，討論那上頭的花紋。牠們熱切的神情讓我相信，如果爪子夠大，牠們肯定會轉動手把，試試性能如何。

還有一次，捕鼠籠打開放在地上，兩三隻麻雀站在籠子前吱喳喳，數落那東西的可怕。一隻剛會飛的小麻雀好奇的就要往裡頭跳，牠的冒失舉動嚇跑了其他「老鳥」，我有些驚訝，不知

「鼠雀同籠」會有什麼結果。那隻菜鳥被前輩的慌張影響了，也跟著飛走，我的好奇因此無法得到驗證。

最天才的莫過於一隻停在盆栽上頭的小不點兒。盆栽裡，修剪得很有型的榕樹倚在一塊奇石邊，盤根錯節，蒼勁有力。小傢伙居然看出佈局上的空缺，往石頭凹處一站，咦！整個構圖巧妙地呈現平衡，也更生動靈活了。我呆看著這位小小大師，還有那神來之作，直呼不可思議。「大師」飛走後，我再看那盆栽，也還是好看，卻就少了份靈氣！之後也有別隻麻雀來駐足，但怎麼看都不如先前的好，我心中了然：即使小如麻雀，品味、功力也

是有高下的！

麻雀們從不為嬌小的身材自卑，看到鴿子在啄食飼料，牠們大大方方飛下來共進晚餐。鴿子顯然有些困擾，好幾次停下啄食的動作，看著麻雀掠奪牠的食物。我以為鴿子會採取什麼行動，卻聽不到牠們有任何交談，只見鴿子很快吃飽後拍翅飛走，八成是不想跟這群小土匪有啥瓜葛。

看不過去的我，上前想跟麻雀理論，誰知這群近二十隻的麻雀一哄而散，並且很有默契的飛上圍牆，一字排開，屁股向我。天哪，牠們幹嘛？以為這樣就眼不見為安全嗎？還是要狡辯牠們並沒有去吃地上的飼料？

我啼笑皆非的瞪著一個個鳥屁股，打算用熾熱的眼光炙烤牠們，小傢伙機伶的飛到更高的電線上，交頭接耳，竊竊私語，一副「看你怎麼辦」的姿態。我還能怎麼辦？只好牢記住那一排鳥屁股和滿腦子的鳥話啦！

散步地圖

喜歡散步社區，用腳去畫地圖。

巷道東北盡處，有整大片稻田，已休耕，今年見不到綠禾金穗了。屋前往西北百米遠的康春橋，下頭水流原是接通澄清湖和曹公圳的調節水道，近幾年不再具調節功能。

這段日子橋邊多了一些釣客，聽說為曲腰魚而來。一個小夥子慷慨展示他的成果，曲腰魚還小，約二指闊，銀鱗閃亮活蹦亂跳。燕子在橋下穿梭，剪裁出一幅幅流線圖像。水邊護岸一塊石頭有寶藍色身影，是翠鳥，尖長嘴喙相當醒目，牠剛忙過一程，

回到石墩上繼續守候獵物，有如橋上釣客。

過康春橋往西北直走二三百米，左邊一處沼澤地，香茅成叢簇立水中，曾經遇見花店開著小貨車來這裡割取香茅，還大方送我一把。

有一陣子沼澤被建築廢棄物堆置阻塞，差點乾涸填平，還好住戶們用心，天天整理清除雜物，垃圾少了、腐臭味淡了、水域變大了，現在，這裡成為一座水塘，慵懶的看守一方寂靜。

一群紅冠水雞在裡頭練唱，低沉渾厚的嗓音像水中妖怪獰笑。看見紅冠水雞在水中踩出波紋，遠遠香茅深處傳出牠們鬼魅般聲嗓，我慶幸在散步地圖中能畫出一塊區域，標上「埤塘」；目光來到這裡不再被建物牆壁阻擋回絕，可以恣意搜尋、極目望遠。想像那一頭，深處暗裡有紅冠黑羽的精靈亮亮眼珠也窺伺著我，就有小小浪漫暈開嘴角。

水塘對面，路右邊本也是這樣的沼澤，更早它們是稻田，但土地開發，大片農田只剩一方窪地。白鷺鷥、綠頭鴨、水雞先後飛往別處，偶爾，三兩隻小白鷺還來窪地覓食。去年這水漥也被填土灌漿、

架起圍籬阻隔，準備種出另一批豪宅。飛白鷺的漠漠水田、囀黃鸝的陰陰夏木，已悄悄從空間轉入時間，壓縮成文字，變為鄉土的一頁美麗回憶。

　　腳步踩踏，繞著社區一圈回經康春橋，釣客已經離去，塑膠杯、菸蒂、飲料罐散落在橋邊和橋下坡岸。屬於人的活動總是留下註記，但我的散步地圖卻習慣留駐禽鳥的身影，那是值抵千金的眉批。

精靈的化身

所有的鳥兒都是精靈的化身，我發現。

樹下休憩的嬌軀、草地上閒逛的身影、屋簷蹦跳的蹤跡，全都是空中的精靈，只消對著牠看上幾秒鐘，精靈們立刻察覺，快速離開。

我躲在窗簾後偷覷，小傢伙一哄而散，是因為我的眼神太熱情嗎？我躲在柱子後頭探看，小東西振翅飛離，是因為我的呼吸太過急促嗎？以為自己藏得很隱密，哪知望遠鏡才剛舉起，這些小不點兒便就跳開奔竄，是因為望遠鏡筒反射了太陽光嗎？任我用盡各種方法都難得一窺牠們的嬌容。

要不是精靈，怎會那麼慧黠！

當鳥兒們開始歌唱，聆賞天堂禮讚的時刻就到了。這些精靈的聲音是那麼甜美婉轉，毫不費力地唱出高音，又如流水行雲般的轉折，連串的顫抖音聽不出窘迫，天衣無縫的唱和找不到瑕疵，而無奇不有的音色又教人耳朵驚嘆。

這怎麼學都學不來的曼妙歌喉，若非精靈，哪能這樣演出！

天地間有了這些精靈，樹，更活了；花，更美了；陽光更加柔和；連風，都帶著微笑呢。

以天地為家

曾經，我養過一隻屬於藍天綠草的白色孔雀鴿。

沒有鳥籠、鴿舍，隨牠高興要棲息哪裡，就飛去哪裡。冷氣機上頭待膩了，牠會飛去玉蘭樹枝停歇；頂樓屋瓦上跳格子玩厭了，牠會飛到電線桿上站崗。美麗的大貝湖是牠的轄區，各家的紅瓦白牆牠都去巡邏。藍天下的白色身影，總是畫出一道道恣意歡樂的驚歎。

早晨七、八點鐘，下午四、五點鐘，牠會準時出現庭院，用「咕咕」的鴿鳴通知家人：「我來了。」「我在這裡。」在前庭

等不到人時，牠也會主動繞著屋子尋找我們，前庭、後院、車庫、側園，四處兜圈子，在窗外叫喊，這時的咕咕聲就大而急促，戰鼓頻催了：「快來呀！」「你們在哪裡？」

彷彿要提醒我：「該吃飯了！」鴿子會在我頭上盤旋、低飛，直到我走向前庭。牠就跟著我，先飛上燈柱，等我把飼料倒在步道上，喊聲：「下來！」牠才「啪啪啪」降落。有好幾次，因為降落位置不夠理想，牠居然在著陸前硬生生又折回燈柱，來個「重新降落」。

白天，牠在草皮上低頭啄食，替我除蟲。陽光照射下的草兒翠綠欲滴，鴿子一身雪白，尾端翹起美麗的扇羽，顯得格外靈黠慧巧，惹人憐愛。開闊的院子裡，有虯曲大樹，有如茵綠草，也有似錦繁花，加上輕移緩步的白鴿，更添一股寧謐悠然的生機。

綠草上的白鴿，閒適隨意，映照我平靜安寧的鄉居生活。藍天下翩飛的白鴿，從容不羈，又儼然我一心嚮往的灑脫性格。藍天綠草之中，白鴿身影自在，時時刻刻與我分享牠以天地為家的幸福。

七里香們，不語

馬路邊有整排百米長園舍，內外一片盎然樹叢，全是本土樹種：七八棵茄苳和樟樹高逾三米，壯丁般粗壯腰身。更特別的，是長排厚實綠籬的原生種七里香，兩米多高度，壯丁胳臂粗，一排十來棵茂密壯碩，長得極好。像這般高和粗的七里香，若出現在園藝行，那可值錢了！

忽一日聽聞，園舍早已被徵收，即將要改做綠帶。這長得極好的綠籬樹叢應該是現成的綠色空間，但顯然不被欣賞。

天天經過天天打量，為這些樹的前途憂心。它們，會得到妥善適當的處置嗎？

深秋初冬，寒流帶著霪雨綿綿阻卻了我每日探訪的腳步。等天氣回暖雨停再出門，那遮眼綠蔭沒了，怪手停在園中，滿地殘骸都是斷折的枝幹，鐵絲網傾倒，水泥塊四散。

轉眼張望卻視線沒個落點。晨陽隔著雲層興致闌珊，揭去綠籬樹叢遮屏的這處空間，光禿禿，陌生，又亮得突兀。

破壞，總是超快、超狠！

在成堆廢棄物中尋找。茄苳和樟樹被粗魯的攔腰撞斷，根部硬生生從泥土中扯裂，參差剝落的痕跡讓我不忍。好幾堆灌木和爬藤類糾纏成小丘，試著翻移搬動，目視所及沒發現那十多棵七里香。

回家後坐立難安，悶氣在胸腹間流竄鼓譟，腦中閃著那片綠叢，忽而茄苳和樟樹嘩嘩搖晃，與我傾訴絮聒；忽而七里香滿樹星白，朵朵輕笑跟我呢喃細語。鼻子有淡淡花香，耳朵聽見葉浪沙沙。心神不定的掛念那些樹，莫名的衝動驅使我再去那塊空地。

山貓正在清理。那些曾經高拔俊挺的身軀，此刻軟癱扭曲；曾經鮮活怒張的生命，如今萎頓薦垂，全部被推擠攪纏、滾落大坑掩埋。

呆呆望著，惋惜之外，不知自己還能做什麼。樹啊，我怪自己沒能幫上忙！

不死心的又仔細尋找，意外在最後頭的一堆小丘看見七里香枝葉。顧不得旁邊有機器轟轟運轉，我徒手抽拉那些還帶有綠葉的枝幹。是它們，已經皮破肉綻、截手斷肢，根部裸露但整棵完好。

找到七八棵帶回自家後院，修剪枝葉，把它們種下。植栽經驗告訴我，沒有根部護土又受傷嚴重，它們存活的機率不大。每

日殷勤查看、祈禱，不厭其煩的跟它們說話，希望它們堅強熬過寒冬，來春重新發芽茁長。

「不要放棄呀！」跟樹打氣，也為自己加油。

但，奇蹟會降臨嗎？

一個懂植物園藝的朋友來看它們，搖頭說：「這要種成功，難喔。」聽得我心裡吹起寒流。強作鎮定的安慰自己：等看看！等春天氣溫回升，陽光一曬雨水一澆，它們就會有消息出來了。

天氣漸暖，每日察探時總要為它們念上幾聲佛號。菩薩護持眾生，這些枯木也是生命，該也能得到無邊佛法的庇祐。

摘掉眼鏡蹲下身，仔細審視枝幹，沒有！龜裂斑駁的樹皮上找不到任何鼓突破皮的小芽點。「春天來了！」蹲在七里香前我這樣告訴它們：「春天來了，把握機會努力活過來呀。」

開春後，第一點綠芽終於冒出，同一棵樹上共有三個小綠點。「不要放棄呀」，彷彿是它們給我捎來這樣的回應。對著可能蹦芽的每一個芽眼注視，估算它們冒出綠點的排行時序，心中有股衝動，想剝開樹皮看看那底下的綠，但不行，揠苗助長的蠢事做不得。

當第一響春雷在澎湖報到，後院也在三月初得到春雨滋潤，但七里香們沒有動靜！除了帶給我安慰的那一棵不斷長出薪芽點，綠芽變成嫩葉，其他的依舊枯枝槎枒指向天，跟周圍一片盎然翠綠的春意扞格不入。當滿園花草絢爛繽紛在庭院裡喧嘩交談，整排蒼白枯乾的七里香突兀尷尬，只能呆立無措用不語傳達它們的堅持。

儘管適合萌生的時令已到，但療傷自癒的過程還未完備，七里香們因此無動於衷，堅持潛藏修養，這就是它們不語的原因嗎？

還是，負氣使性的肢體語言？如同家庭中親子衝突、校園裡師生對峙，受責備的孩子索性杵在當下，任憑詢問追究硬是相應不理；只從指掌拳頭、唇齒頰頸的繃縮突揚裡，看出他們存心要挑釁父母師長的耐性與大度。

不語，當然可能因為無奈。少了故土呵護，強行移植後即便陽光水分不缺，也會水土不服吧。不語，更大可能是心死！這些樹們或許放棄最後一搏的機會，要留這身向天怒指的姿態，抗議生命受到逼迫侵擾掠奪。

我在這不語中困頓著。

深秋午後的一次心神不寧催促我出門，終而尋到這些樹，與其說是幸運，毋寧說是我聽見了樹的哀嘆、呼喚。但，徒然衝動的處置未必對樹們合適裨益，只滿足了我個人的堅持。

還要堅持嗎？在這樣一片生機蓬勃欣欣向榮的花樹裡，整排禿枝枯木不僅詭異叛逆，破壞畫面美感，也阻塞原本充沛流動的磁場氣場，怎麼看都不妥。春天，被無形的侵蝕了！

那麼，就放棄嗎？鼻尖聞到桂花香。啊，老桂樹現身說法了！前年冬天把它種下後，這棵老桂欉酣酣沉睡，連春天都叫不醒，整整休眠七個月，盛夏溽暑才冒出第一點綠芽。但是養精蓄銳後，此刻的它，開花長新葉，在春風裡曼舞謳歌。

「再等等吧！」老桂樹不斷搔撓我的色聲香味觸，勸說著。該堅持？或者，放棄？問題與答案在心中掙扎。

炮仗花巴在圍牆上看這排枯木。早先，它們已大肆誇張的放過一次鞭炮，炸醒了春色，如今又鼓漲著花苞，準備今年的第二次炮仗花祭——祭這排堅持不語的七里香嗎？

捱到五月，明媚春光已然深老，鳥兒們高唱求偶曲，開始在桂樹上築愛巢，生命正要孕育，蒼白聾啞的七里香們依舊了無生息。

滿心期待卻得不到回應，會弄到這般尷尬，只因面對寂然不語，而我，偏又參不透沉默裡的玄機！

終於還是拔除了這排枯木。泥土鬆軟濕潤，我的手察覺不到任何抗拒，稍稍用力提，它們就離土懸空。往根部細瞧，沒有！生命已經遠去，沒有任何復甦醒轉的跡象。盼了近半年只存活一棵，擎著新葉嫩枝挺立在春光裡，安慰我為德不卒的遺憾。

而這唯一的安慰沒再有片言隻語。隨著秋涼，嫩枝乾褐，幾片小葉漸漸枯黑，最終也跟它的同伴去了。

再經過那段路，堆滿建材，浪板豎起牆，牆上貼了各式廣告招貼。綠帶，原來是這一排綠色浪板。一年後，圍籬仍在，破舊坍圮，從缺口見到木板橫陳，有丁丁敲打聲。問工人這裡要做什麼？「聽說要蓋涼亭。」

一條綠帶誕生，幾十棵老樹消亡。總是這樣，新的規劃取代舊的樣貌，舊的未必不好，但風景老了，生命也就噤聲退位，讓出空間，讓出時間，也會，讓出記憶嗎？我卻始終記得那排兀立枯木，它們的堅持不語，及，我的放棄。

生命的洗禮

六月時天光格外明亮，窗外老茄苳葉子掉光了，露出大片藍天，連那游在天上的飛機也能游到玻璃桌面上。雨水少，近半年沒下過像樣的大雨，茄苳久沒刷洗，浮塵子猖獗，每葉都爬滿白白小小蟲體，吸吮汁液，直到葉子乾枯掉落。

三月底，掃落葉的竹帚畚箕才喘息將歇，想著這一樹大傘可以涼快到金秋，誰知蟲害把它們剛換的新衣染黃，提前在五月剝脫，鬧到樹剃光頭禿著頂，只垂掛綠果串串像辮子綹綹。

困擾的還有衣物，在樹下走動，衣服被浮塵子的分泌物滴染

斑斑點點黃褐色塊，得打上肥皂浸泡搓洗才能潔淨。至於樹蔭所及的牆壁地板路面就更慘了，黃褐翻黑，鐵刷都難刷去污漬。

看著變了樣的老樹，擔心它們熬不過這場淬鍊，天天審視撫摸，日日唸叨著「加油啊」；茄苳倒是悶不吭聲，兀自落葉默默抽芽，動靜全不聲張，一副「閒行閒坐任枯榮」的自在。

浮塵子不是今年才出現，一直都把牠們當做草虼仔，沒仔細抓來觀看。鄰居僱請園藝行定期修整草木植栽也噴藥，刺鼻藥味兩三天才淡去。茄苳樹會希望我這麼做嗎？我雖然勤於澆水、修剪枝條、打掃落葉，卻從不曾為家中草木噴藥，堅信樹若勇健就能抵抗病蟲害，最多葉子掉光再發新芽；噴藥污染環境，樹木更沒有抵抗力。

茄苳因此年年奮鬥，艱苦成長。這兩三年時序錯亂加上蟲害特多，不但葉子遭殃，人在樹下打掃還得留意別讓毛毛蟲落到頭頸胳臂。紅蜘蛛也每年出現，會讓葉子變成鐵銹斑點，樹蔭雖濃密葉片卻黯黃不綠。更早一兩年颱風頻繁，大雨沖刷讓病蟲害減少，葉子厚大又青翠，但也折損不少枝條。生命中處處挑戰讓茄苳老態龍鍾，一年一年磨熬在它們身上留下許多傷痕：樹心蛀蝕中空，表皮層已癒合，形成的樹洞可以躲進一個小孩；彎折蚪曲的枝椏，每一處翻轉都是一次堅忍，每一種婀娜都是一段重生。

就如眼前，新葉漸次張展，嫩綠輕盈透著光，還單薄，卻都蘊蓄厚厚的生命力，希望無限。隨順自然，茄苳屢經生命的洗禮，狼狽，卻依舊從容。

有種歡喜悄悄升起

漫步花園，被幾樣物件拉住了腳步：一塊陶藝家不要的陶板；一段蛀蝕腐朽的中空木頭；一個底部破裂的壺形花盆。

注視它們，憐惜，自心中生起。

陶板，其實完好無損，上頭刻著「喜捨」兩字，只因為陶藝家標準太高，它被看做失敗品，便就冷落棄置。

木頭儘管蛀腐一空不成為「木」，但斑駁樹皮上寫滿它的年歲資歷，曾經，它也是一棵提供蔭涼遮蔽的大樹。

花盆，有著優雅壺身和古樸紋飾，原本種有植栽，它盡心呵

護，讓植栽生機蓬發，最終卻被錯節盤根擠破了身體。生命，會為自己找出口，而花盆，只會鞠躬盡瘁。

把花盆放倒，它左右開口，似乎說「肚大能容」，於是再種進植栽，讓兩側各自伸展綠意。

再把圓圓的壺身坐進木頭，巧巧穩穩的將一壺綠意托住。蒼勁的木頭仰望藍天，似乎說：「不生不滅」，我在，我也不在；有我，也沒有我。

一方陶板，正好為它們做了最佳註解：喜捨，喜捨，歡喜捨得。它們全都奉獻自己，讓生命用最美好的姿態呈現。

靜心端立，感受這組合的禪趣，察覺生命能量在天地間圓融無礙的轉換，於是，有種歡喜悄悄升起。

春天，有禪

春節前，可能是夜風寒冷給了刺激，還是日光溫暖做了暗示，院子兩邊的老茄苳原本葉片蒼綠，忽然就消褪了精氣神，透出黃紅斑塊，逐漸暈染到葉柄都失血般變黃，奄懨垂掛留也留不住。

要換新裝了！細細看，枝條上新葉已經出現，還有花芽。抽花穗同時，大量落葉鋪滿庭院，東北風呼嘯一陣，樹上葉子們就撲簌直掉，蓋住草皮車道不說，伸出牆外的枝條更理直氣壯的把葉子撒滿巷道。

不喜歡院子一片狼藉，也怕落葉壞了巷道的美，我從原本早晚兩次掃，到出動家人幫著早午晚「照三餐掃」，一片片挑、一堆堆掃。最怕有風，葉子們就跟著東西南北逛，伸長掃帚都攔不住，人只好追著葉子沒頭蒼蠅般遊走。

天天掃著，身子發熱，外套背心一件件脫。抬頭問樹：「要掉到哪時候？」竟然颯颯颯幾十片葉子兜頭落下，拂我頭髮拍我肩背。天光明亮，微風吹得我透心清涼，空朗枝條間，綠繡眼跳上跳下啄花米，青綠嫩葉正要鋪張。老茄苳忙著新陳代謝不理我，一派天經地義！

到現在，落葉少了，地面換上細碎綠花米，絨緞一般鋪排著粉嫩春意。完成一場生命的儀式後，老茄苳的油綠樹傘更高更大，小小綠果串串搖晃。風仍然不定向吹，面對這樣「一片西飛一片東」的祖師西來意，我只能笑：哈，春天，有禪，禪意無限！

別讓樹流浪

鄉居，最常騎車四處逛，看樹去。

早先到處有田，人口較集中的舊部落、舊社區是景點。在地人家，老宅院多種有樹，而且是常見的茄苳、樟樹、玉蘭、芒果等本土樹種，多半跟宅院一樣老。生意盎然的樹，自然透著靈氣，也許樹形優美，也許樹圍粗大，也許綠傘如蓋，但都與宅院跟人畜融為完整景致，有和諧的美感。

土地快速開發後，新蓋豪宅別墅或大樓我也看得起勁。這些新建築講究造景，植栽品類多，爭奇競巧，確實讓新房子添了賞心悅目的促銷賣點。但汰舊換新的結果，很多老樹被砍，很多樹木植栽被丟棄。

流浪狗流浪貓可以到處找吃的，也可能遇到好心人餵食或收養，但樹被挖斷根、拔離土地、被丟棄後，只靠天地雨露滋潤是不夠的，它們會漸漸枯萎死去，那是很長時間的煎熬。每回看見這種「流浪樹」，心裡總有嘆息。

曾經在怪手底下搶救過七里香老欉、大本仙丹樹、雞蛋花、羅漢松、樟樹、黃槿，帶回家時已經皮破肉綻，根部裸露，奄奄一息。儘管種下地細心澆灌，存活的有限，沒能救活它們讓我無端多了遺憾。

一回在巷口轉角見到工人正挖起老雞蛋花棄置，說是主人家嫌棄，不想種了。我趕忙連絡附近種苗行老闆，找來吊車把樹載走。雖然沒有先斷根、沒有留護土，那樹仍被專家救活了。

老樹身影如同土地，越來越珍貴，鄉居賞樹，有驚奇讚嘆也有惆悵遺憾。樹雖默默卻生命強韌，不論在野地、在人家都是美麗的「存在」。能與樹相見是莫大緣分，雖然搶救樹木難有成功，我只能隨順自然，但心中著實盼望，每棵樹都能在理想環境下好好存活。

我家有棵冷氣樹

哎，那白花花，亮得人眼張不開的陽光如果是銀子，可該多好！

南台灣的夏日真是熱啊！汗水涔涔、溼透衣衫；皮膚發燙、熱火攻身。這些都不是誇張之詞，當務之急，就是帶好「道具」，躲到「大傘」底下去。

道具也者，一錠薄荷，一條毛巾，一個冰桶。薄荷塗遍手腳，片刻就全身清涼；毛巾先在冰桶裡「預冷」後再拿出來，往臉上一蓋，冰鎮過的臉可以察覺到毛細孔裡沁出一絲絲冷氣，舒服耶。

至於大傘，是指我家院子裡的玉蘭樹。這棵二層樓高的玉蘭樹，樹蔭濃密，如同一張綠傘，坐在底下，陽光拿我無可奈何，若有微風經過，葉片摩挲，樹影搖曳，拂面的涼意隨著玉蘭花的清香陣陣飄來，綠傘下真可以「調素琴、閱金經」，又「無案牘之勞形」，悠然閒適，讓夏日變得忒許可愛。

躲在大傘下，仰頭看天，只見滿眼翠綠，光影在葉隙間穿梭跳躍。但凝眼細看，跳躍的，是綠繡眼嬌小身軀；穿梭的，是白頭翁和麻雀快意追逐。牠們，也在這大傘下跟我一同涼快哪。聽聽，那啁

啁啾啾、窸窸窣窣的鳥語，或細訴，或聒噪，或低吟，或高唱。牠們，也很得意有這一傘清涼呢。

拉開躺椅，把身體放下，也把一顆被嬌陽燒灼的心放下！心靜自然涼，花香鳥語、綠蔭和風，躺椅上的我，或闔眼假寐，或展書閱讀，或冥思神遊，如蓋綠傘提供我最頂級的舒爽寧謐。

聽說，一棵三公尺高的樹木，功用可抵三噸冷氣機，那麼，我家這棵冷氣樹，顯然省電、環保、冷房效果又超好。它，就是我度夏的消暑聖地！

哈，樹下好納涼，就讓太陽在玉蘭樹外徘徊焦慮吧！

沙子澎澎，洗洗樂

窗外茄苳樹下平坦的沙地最近出現兩三個小凹洞，如乒乓球般大、圓，用掃帚掃平後過兩天又出現。

「像被誰挖了一球兩球沙淇淋去吃喔！」兒子說。

沙子冰淇淋？真會想像！

「癩蛤蟆夜裡窩的。」我說得斬釘截鐵，把推測說成結論。

「有看到嗎？怎麼知道是癩蛤蟆？」兒子問。

我心想：也不是什麼大事，就當作是吧。

但兒子實事求是。他每天下午打掃庭院總要瞧個幾分鐘，沒啥發現，只除了那些洞會長大，從乒乓球變成柳丁樣。

癩蛤蟆長這麼快嗎？

這天，躲在窗簾後的兒子突然叫：「嘿，來看！來看！」

窗外只見被風吹得簌簌晃動的枯葉。「葉子有什麼好看？」

我不解。

「厚，什麼葉子！你仔細看！」

什麼呀？我扶扶眼鏡。

地上枯葉又動一下。喔，原來是一隻麻雀，我趕忙也躲在窗簾後，腦中靈光一現。

呀，沙浴！

看過麻雀千萬回了，書上說麻雀用沙子洗澡，也真看過牠們愛在沙子裡磨蹭，清潔身體，卻沒想到小傢伙乾洗也這麼講究，還弄了澡盆、澡穴來沐浴。

洗好了的麻雀飛走後，又有別隻麻雀伏進去。蹭弄下，那個洞寬大了些。陽光把沙子曬得乾燥發白，披著黑褐花斑的麻雀，成為沙地上妙趣天成的動畫。

又來一隻麻雀伏在沙地上的凹洞裡，正「游」得起勁，身體拍拍蹭蹭，偶爾還轉頭東張西望。牠轉向我時，黑溜溜轉的眼睛分明裝滿了快樂！

「看吧，那才不是蛤蟆弄的！」兒子的話裡也有著快樂，他找到答案了。

雖然糗，但，見到這幅麻雀spa圖，我一樣很樂。

百聞不如一見！大自然的事，再怎麼樣精采的想像或大膽猜測、動人的傳說，都不如親身經歷、親眼目睹來得深刻震撼。

沙地上的幾處小凹洞，盛裝了麻雀和我們父子的快樂；窗裡窗外，鳥和人，分享了一個有趣的下午。

後院的生活家

退休後的日子最愜意的是，想做什麼就做什麼。趁著附近別墅整修，我收集清理出來的廢舊木料，釘花架、花台、板凳、收藏箱、回收箱，敲敲打打，後院成了我的個人工作坊。

花架花台靠牆排在桂樹下，量身定做的高低層次恰好補白那整面牆，但座上客呢？甭急，無中生有我最會！找出收藏的陶盤甕盆罐都拿來種盆栽作造景。一段蔓榕、幾條鬚根、一塊奇石、數十顆小白石子，左喬右弄想搭配出一番好樣兒。審視間，兒子若有所思丟出四個字：「大巧不工！」噫，是稱我太工還是

評我不巧呀？

陸續完成五六十件植栽，搬上花架花台展示。陶侃搬磚我搬盆景，眼裡手裡都是生命，忙得不亦樂乎。

眼光流轉，見到桂樹下石板兩邊空盪盪，哎呀，美女足下也該有風情萬種。便又去剪來金露花和仙丹花插扦，黃綠可人，墨綠持重，點綴著簇簇仙丹紅豔，這排桂花綠牆身形就更加優美了。

春日裡，炮仗花一溜橙紅，巴著圍牆欠身和幾十盆植栽寒喧。仲夏，插下的金露花和仙丹為石板步道綴上兩條綠油油墨絨絨的鑲邊，圓滿了後院從地而起錯落有秩的各色綠。

後院的長長石板是聞香步道，整排花架花台是日光浴花廊，高大的綠籬生態豐富，鳥雀棲宿、蝶蛾豆娘翩飛，蝦蟆蜥蜴爬竄、蚱蜢蟋蟀窩藏。白天，這花樹盎然繽紛的後院是我施展創意的專欄，夜晚，幽靜飄香的它成為全家人賞月觀星的方塊。

我在這裡學作園丁，巧扮工匠，一切親力親為。曾有過菜圃，

嚐到「園蔬愈珍饈」；有過花園，得到「花團錦簇賽春光」；也有過水塘，看見「池荷跳雨，散了珍珠還聚」，多番更迭，每一種樣貌都讓我嘖嘖稱嘆。六年前種下的一排桂樹更在前些年移植補種，如今也鬱鬱蔥蔥、花開不斷，後院見證了我退休後的各項成績！

能夠做自己愛做的事，並且做什麼像什麼，生活因此快樂充實。當「科學家、畫家、攝影家、文學家、發明家……」諸大家都與我擦身而過，我慶幸自己能自由自在，享受寧靜的生活，成為一個「後院的生活家」。

枯木逢春

利用郊遊踏青的機會，撿拾木頭或漂流木帶回家，是我的習慣。越是人少的野外、海邊越有寶，尋找可資創作的靈感或題材，成為我佈置庭院的重頭戲。

荒寥的村落、樹林、山坡地上，枯樹橫倒，蟲蟻蛀蝕腐爛後，有些一碰即碎，有些根部形狀還在，這樣的樹頭稍稍用力就能拔地而出，清除泥土腐葉後，蛀空的部分種上花草，擺在庭院就成了獨特的園藝景觀，很有品味呢。

海邊的漂流木可遇不可求，偶而撿到了我更當作寶貝，細心

整理再作發揮，同樣成為罕見的創作，吸引訪客的目光。

一棵樹如果沒有妨礙它生長的因素，應該會無限的成長茁壯吧，只可惜風雨雷電蟲鳥乃至於人，都常任意結束它的生命。想到一棵樹原本該有無限成長的時空，我格外珍惜這些樹頭漂流木的再創作，總覺得它們因此延續了與自然界的緣分，用另一種外表展現它原來的存在意義——我是一棵樹，獨一無二的生命實體！

一段被螞蟻蛀空了的樹幹，因勢造形，成為天然盆栽容器，照樣有著蓬勃生機，枯樹與植栽同時都得到最好的歸宿，彼此造就生命的春天。凝視它們，我既寬慰又感動。

美麗的記掛

二〇〇五年秋日上午，我在鳳山林園間寬闊筆直的鳳林路上，邂逅滿天驚喜。

數以萬計的鷸鷺列隊斜掠過頭頂，一群「人」又一群「人」，向南，飄擺的翅膀是力道萬鈞的視覺震撼。凝神目送這無聲疾行的精靈，牠們，要往高屏溪出海口停棲覓食、中繼休息，而我，要回汕尾歸省親友、探訪故舊。

天與地，鳥與人，我們殊途，但同一個方向。

從小居住海邊，海鳥常見，卻不曾見過南飛過冬的候鳥群。

當傳聞中的「雁行成書」在頭上真實出現，如啣枚疾走的壯觀陣容，大軍壓境般佔據領空，我心神驚懾，停在路邊久久無法平復。

牠們不是雁，但同樣排成「人」字形隊伍。簡單兩筆有時左撇長右捺短，有時左撇短右捺長，隊形有時像「人」，有時像「入」。那兩筆又像極了跳舞的雙腳，有時這腳抬高，有時那腳跨踢，甚至，舞者雙腳伸長，劈成「一」字。筆劃飄舞間，整個字兀自游移在天空，隨心意所至的揮灑，順氣流變遷的運筆。怎麼寫就怎麼好看。

那之後，多次來往鳳林路都不曾再見到這樣的生命書寫，倒是澄清湖邊的晨走散步，有過多次巧遇。

二三月春寒時令，天濛濛亮，沿著湖邊高低蜿蜒的步道抖擻前進。呵氣成煙，臉頰冰涼光滑。常是不意間看到高空中一大群鳥兒，破出雲霧越過林木，由東向西呈「人」字盈盈巧巧飛飄而過，振翅無聲，柔緩優雅卻清楚見悉那動能力道，在幾次眨眼後便消失天際。

比起鳳林路田野菜園上空急行軍的磅礴氣勢，湖畔天空的鳥群顯得柔媚秀逸，同樣行色匆匆，天暖後的雲中書寫多了仙袂飄飄神韻。可惜這樣的美可遇不可求，常常差個幾秒、隔著一座林子、或是雲層太厚，就錯過欣賞機會。

住在湖邊，夜晚常聽見一兩聲鷺鷥粗唳，想像空中落單身影，不免記起張炎嘆詠孤雁：「寫不成書，只寄得相思一點。」失群的鳥兒何止寫不成書，想在天地間留個點兒都未必呢！

最近一兩年很少見到鳥群了，那些用書寫豐富生命的雲中舞者，成為仰望穹蒼時，我的美麗牽掛。

茄苳的四季

書房前挨著車道種有一棵大茄苳，年年都結實纍纍。

初春吐花穗後，蜂蝶和蛾比鳥兒更早現身，嗡嗡吵翩翩飛，茄苳樹開始熱鬧。隨著新葉冒出，花穗也跟著掉，地面厚絨絨綠花毯是茄苳的迎春禮。之後，細碎黃綠的花米結成果實，豆子般青綠碩圓。果實掉落時滿地滾，掃帚拂過，它們隨意亂跑，找不到乾淨可踏腳的地面，隨時都能察覺鞋底癱下時的微微一陷。

蟬嘶劃破空氣時，留存的綠果逐漸成熟，揣得枝條沉甸甸，風來晃動都遲疑凝重。時序入夏果皮轉綠褐色，鳥兒們開始來樹

上駐唱，想是要讓果實在歌聲裡快快熟透，增添風味。從樹下落葉夾雜青綠果實可以推想，牠們一定認真控管品質，嘴喙挑剔的同時還揚起長串叫聲這麼喊：「咻咻咻咻」，「羞羞羞羞」，「這串不好」，「再過來再過來」。

秋意漸濃果實逐日成熟，引來鳥兒成天出沒，歌聲未停歇過，這群唱完換另一群唱，啞了的全忙著啄食品嚐。看那歡快模樣，應該很對牠們胃口，正午陽光下，翻動的葉片間觸眼都是精靈忙碌跳動的身影。斑鳩很聰明，在茄苳樹下找吃的。白頭翁、綠繡眼和麻雀都尖嘴短喙，只挑出其中的果仁吃，丟棄的部份已啄破表皮，正好方便斑鳩長喙扁圓嘴咬食。

當寒流冷氣團報到，當冬陽越來越罕露臉，茄苳樹下一片寂然。枝條上殘留的果實已乾癟黑硬，鳥兒們意興闌珊、噤聲少語，落葉稀寥，天地悄無言。平日的光鮮聒噪在勁颯朔風中全部褪色靜歇，樹和鳥，都等著春訊，等著枝條再萌生綠芽花穗。

果實，讓這棵茄苳有了靈動風采，也讓四季有了鮮明輪廓。

創意盆景讀不厭倦

園子裡有塊樹頭，臥在泥土裡酣睡多時，日常散步走過它身旁，來來去去看著也不礙眼，就讓它在那兒涼快。

一天心血來潮，將它翻轉個面，瞧見中間蛀空的樹洞。咦，這好，在洞中填入泥土，種上鳳仙，於是有了個天然花器。

它左邊優美的弧形彎如眉月，像極了古厝老宅中通往花園的月洞門，只不知會否有嬌美姑娘娉婷立在門後呢？懷著無限遐思，我找出一個破甕，也種上鳳仙，擺在這優雅的月門下，讓破甕與朽木相映成趣，就又成一簇吸引目光匯集的風景。

短而突出的右端掛上一串老舊風鈴。銅鈴滿身鏽斑，樸素笨拙，風來就沉緩作聲，好像梵唄低誦。厚實的共鳴在院子迴響，既有聽覺的滿足，也營造視覺焦點。

幸虧把它翻了身，否則，美麗天成的月門埋沒在塵土中，不但我少了發揮創意的題材，更可惜的，還是這塊樹頭將無法展現它曾經強壯的樹身，與曼妙的姿態；錯過向老樹致敬、歌詠的機會，則是我最大的損失。

這組盆景穩穩立在庭院中。破舊老朽的器物寫滿滄桑，卻因植栽的欣欣向榮釋出旺盛活力，成為搶眼獨特的藝術裝置，立視、坐看、遠觀、近賞，都逸趣橫生，看它百遍千遍也不厭倦。

喜見玉蘭果

習慣在玉蘭樹下乘涼，偶爾也抬頭看綠葉間的藍天白雲。風兒往往早一步在枝葉裡翻飛，把天空攪和得殘碎不堪！

打量間見到，一串果子高掛枝頭，好像青梅！只可惜現下金風送爽的時令，不可能是梅子成熟時，口中的酸甜頓然煞住。

這棵高大壯碩的玉蘭樹，仲春後就不斷飄香，每天都能摘得數十朵香花供佛。入秋後，一朵朵玉蘭花立在高高的枝葉上，摘不到，索性讓花香遠颺與鄰居們共享秋的芬芳，卻沒想到居然就結果了。

仔細撥開枝葉找去，更高的樹梢還有另一串驚喜。從來不知道玉蘭花也會結出果實，全怪它的花太引人注意，總是在含苞將放時就被摘下來，哪裡等得到花落果成。

沒採摘的玉蘭花任其凋落固然可惜，卻也因此才看到難得一見的玉蘭果。把花朵留在樹上本是無奈，眼底鼻間莫不有著嘆息。如今樹兒把我的嗟嘆拿去掛在枝頭了，我倒又有著歡愉，眉尖嘴角都是笑意。

滿樹繁花落盡只得到兩串成果，這一落一成間，要多少因緣際會才能造就啊！仰頭看它，沙沙嘩嘩的搖出一片聲響，似笑似嗔。「有人但惜好花落，有人卻喜結果成。」一樣看花兩樣情。這樹，不啻在提醒我：「草木有本心」，我又何苦癡迷著相呢！

湖與水

每日清晨去澄清湖走路運動，看水，看樹，看出心頭一片清涼。

水起風生，因了水。湖水豐沛，湖面自然生起涼風陣陣。這風帶著潤澤的濕氣，讓人遍體清涼，草木在水氣滋養下格外青翠茂密。

秋冬清晨，湖面水氣氤氳，一層淡淡煙靄飄移輕挪，在視線裡悄然無息的舞化出神秘。

水面下變成神秘世界，隔著水，深度難以目視穿透，也就教

人驚疑害怕。搖晃波動的湖水是那麼不踏實，擔心自己會跌入那個軟綿綿的懷抱中，再爬不起來了。隨處可見的小圈漣漪也挑起眼睛的好奇心，分明是魚兒，到底是什麼魚？有多少？在哪兒？

行走間，覺察陽光沉靜又靈動，不斷與樹葉攀談，與湖水對話，閃現著智慧的神采，熠耀閃爍。太陽說到興起，更灑落一地光影和滿湖金粉。

湖面如鏡，藍天白雲自然要來看看，飛鳥掠過時也不免要低頭瞧瞧，湖邊的豪華大廈、亭台樓閣，更日夜欣賞自己的姿容。這鏡中，是繽紛燦爛又一個世界，花草樹木還來添加色彩，讓眼睛看花了，究竟哪裡是真？哪裡是幻？界線在哪兒？一切的魔幻全因為鏡子，而這之所以有鏡子，全因為水，湖有了水，景物就迷幻瑰麗，豐富多重了。

湖濱行

深秋午後，鳥聲引我走進湖邊森林。

叢叢幽靜在滿眼的深綠淺綠墨綠間簇立。賞鳥步道裡，五色鳥不知數落誰，正叨叨念經。畫眉、綠繡眼、白頭翁、白環鸚嘴鵯、樹鵲、鶺鴒、黑枕藍鶲、八哥等一干老友，間雜幾聲辯解或一陣鼓譟，熱鬧異常。

野鳥聲一路前後迎送，身旁南洋杉、茄苳樹、裂葉蘋婆，一群群斂容靜立，閱讀著水言波語。帶著閒心踱步，滿身清涼意中聽出鳥兒和風的指點：水色山光無數，尋遍綠陰濃處！深樹中傳出野鳥呼喚，黃鸝的「歐——嘿偶」叫聲最是奇特好聽。

循龍柏大道走去，左邊而下，湖彎一段斑駁古雅的欄杆悄然靜立，美極了。是一種日月風雨薈萃的滄桑。

沿步道看湖，也看樹。鐵刀木、榕樹、臘腸樹、桃花心木是主要林相。這時節，鐵刀木黃花鋪滿行路，枝頭上顏色繁複，深淺不同的綠以外還有層次多變的紅黃，這段路多彎折更多升降，回望枝梢的豐饒繽紛，別有意趣。

行走間，蟲鳴唧唧吟唱不斷，一陣嘹亮長音後轉細碎弱拍，忽近忽遠，此起彼落的呼應銜接。蟲吟林更幽，帶著盈耳蟲唱，恍惚穿行夢鄉，柔和水光、涼爽金風、搖曳樹影，三兩

竹葉在空中優雅飄落。心情如水，自在隨意；如風，無罣礙無所住。

這裡的樹誠實無矯，以最自然原始的姿態生長，橫陳撲臥、蒼勁遒健，不由人工扭塑，全任風雨斧鑿，每一棵樹都是獨一型態、自主發展，即使雜木成林也都氣壯理直，直指參天。

這裡的水多汊澳水隈，一彎復一重、一折又一曲，藏著亭臺橋欄，映出亮閃波光。倒影千疊，魚跳鳥飛，每一次柳暗花明都有水波照眼、清流滌心。湖畔風吹陣陣，空氣甜香潔淨。有蟲鳥鷺雀添入樂音，花草蝶蛾妝點姿色，這座湖因此清靈韻動、寧靜而不呆滯。

這樣一湖水，宛若紛囂塵世裡的明珠，透過清風漣漪，一顰一蹙款款深情的，喚起草木對它的戀眷。乘著秋興走一趟湖邊，除了問候鳥和樹，我也擷取美麗湖光，撰寫屬於它的獨特回憶！

湖濱散記

住在湖畔，我最大的幸福是能夠天天去澄清湖散步，把偌大的湖光水色當作自家庭院來欣賞享受。

由後門循柏油大道邁步，先是一段上坡路，兩旁的鳳凰木在五月間開始舖設紅地毯迎賓。這裡的鳳凰木對開花時間意見紛歧，有時到八九月都還見一兩棵擎著滿樹嫣紅，當真特立獨行。路旁濃蔭中還可以見到樟樹、相思樹、番龍眼、竹子、桃花心木等。來到中興塔腳下，路轉個彎，成為下坡走勢，腳步頓時輕鬆。

走完鳳凰木大道，在中心湖區與划船場之間右轉，是一條「綠色隧道」，即使夏日天光明亮，這兒仍舊幽暗沁涼。繞划船場逆時鐘走一圈，右邊是羊蹄甲樹，左邊是黃花風鈴木。三月上旬，風鈴木同時綻放，划船場被一環豔黃圈圍著，也被一群遊客指點著。每到秋冬，羊蹄甲的果莢成熟迸裂，「剝」「剝」聲此起彼落。第一年聽到時，我疑神疑鬼的四處張望，究竟誰人躲在

何處捉弄我呀？等弄清楚後，這聲音成為我在秋冬時分的牽掛。

綠色隧道盡頭，一畦高聳入雲的大王椰子兀自搖曳，似乎在訴說曾為馬場保鑣的風光歲月。再前行到泡茶區，走完一片六十度左右的草坡，我覺得心跳急速，無法跟枝頭鳥兒招呼，只能低頭與腳旁的野草們眼神交會，「加油」，它們跟我搖搖手。

繞過泡茶區，左邊順連鎖磚道陡降而下，進入檸檬桉區，特殊的香味濃郁芬芳，心脾頓開。有不少人倚樹而立，聽說是在練功，人與樹的直接溝通，交換彼此對天地的體悟。

散步到旅人蕉區後折回。為了親近湖水，我改走湖區大道，把滿腔的芬多精沿路吐納。湖水

晃動，映出金光萬點；桃花心木的落葉沙沙作響，為我按摩腳掌；拂面微風早已拭乾額頭汗水，感恩的心油然而生。

曾經，翠鳥叼著魚兒，在我眼角一瞥間倏閃而逝。曾經，暗光鳥在划船場邊的樹叢起落，嘎嘎鳴叫。綠色隧道中，蟋蟀蟲兒唧唧嚦嚦吟唱。鳳凰木大道上，松鼠啃嚙蹤跳，咬落一地不知名的果實。蓊鬱樹林裡，樹鵲、畫眉、鷺鷥還有更多叫不出姓氏的禽鳥，總陪伴我徐行漫步或健步疾行。

而今，因清除底泥抽光湖水的乾涸水床，別有一種真誠踏實的面貌。腳步移動間，我也思索，自己何時能清除心中的淤積塵垢，得諸法空相呢？

落葉也是有情物

種樹有千百種好處，但種樹不可免的要面對落葉。

忽暖又寒的初春深秋時節，陽光和風都愛玩鬧，曬烤半日就換上陰沉面孔，更在枝頭興風作浪，弄得樹葉們也瘋狂，枝頭待不住，庭院巷道滿是出走的落葉。

又或是梅雨季颱風季，連續幾日豪雨，樹葉們吸飽喝撐了雨水，一旦放晴後陽光烤曬，它們連哼唉都來不及，軟懨懨掉滿一地。

再不就是，毛毛蟲吸吮葉汁、病害蟲啃咬樹葉，或者花開前

後的掉葉子自然現象。原因很多，結果一樣：地面上狼藉一片必須清掃。

掃葉子成為生活的重要課題，考驗種樹的決心，更要面對鄰居和路人的評論。他們偶有揶揄：「啊，一天照三餐掃喔。」偶有驚奇：「哇，掉這麼多葉子！要落到什麼時候？」偶有微詞：「種樹好是好，落葉真麻煩。」

心裡自然也有嘀咕：「掉了又長，何苦來哉？」「掃了又掉，乾脆……」

不能不承認，落葉，真是會嚇退很多想種樹的念頭。

想起盛夏，濃密綠蔭裡的蟬嘶鳥唱，牆裡牆外乘涼吹風、躲避赤炎日光的我們和鄰居，樹，不只是美，更有芬多精和豐沛磁場元氣。樹上這一年到頭奉獻陰涼綠意，賜予我們微風鳥語的葉子，功成身退後也應該給予喝采，甚且對它的優雅姿態加以讚美！

擦擦汗水鬆鬆腰，低頭繼續揮動掃帚，把一片片枯黃鏽紅的葉子盛進畚箕，壓實那滿滿一袋落葉時，又幾片黃葉拂過肩頭飄往巷口。

追著隨風跑的落葉，撿起，放入垃圾袋內。扶著掃把深呼吸，流出一身汗後，筋骨肌肉關節無一不舒暢。鬆下肩頭時，彷彿聽見葉子輕笑、呢喃：「我讓樹兒長高長壯……」

遊湖記景

我來，在澄清湖偌大的綠地水澤踅踱，欣賞陽光水波的對話，體會季節生命的遞嬗。

光亮湖水是風的面紗，輕柔晃動著它的呼吸。岸邊一排黃槐，幾棵柚木卓立在後，闊大葉片向天搖曳。槐花黃嫩的嬌靨，與綠草藍天一同，逗弄湖中的飛鳥游魚。

漫行湖邊步道，左側有林樹，右面湖水相伴，雀鳥啁啾鳴唱，「湖天一種色，林鳥百般聲」。偶而幾株柳樹飄垂，「遊絲映水輕」，這一輕，便不覺步履高低、台階起伏，很快轉入寧靜園。

庭花草樹、仿綠竹圍欄，引領腳步來到九曲橋。縈紆轉折的橋身，輕盈飄過水面牽起湖兩岸。橋身樸素簡約，橋面通透穿空，可觀魚、賞鳥、讀水、釣月、借景。隨著橋身宛轉，橋下流光瀲艷波紋微興，涼風絲絲吹得心情飛揚腳步也輕悄。

過到湖岸，幽密林木把身心帶入一片和諧沉潛。行過陶然閣、豐源閣、慈暉樓旁，聽見兒童樂園裡孩童喧鬧，有嬌因有耍賴，讓人不禁展眉含笑。

寬大湖區裡，除去五月鳳凰花季的火紅，三月初黃花風鈴木盛放時，划船場周圍一圈明亮鮮黃，會叫人屏息注目，唯恐粗聲大氣折損那嬌媚柔嫩。那樣的黃，增一分便濃沉黏膩，減一分又淡淺輕佻！短短一週的美好全在枝頭盡情展現。

划船場中已不見小舟，卻特留一方汀渚供鷺鷥、鴨禽棲宿覓食。「一湖春暖鴨先知」，紅冠水雞和綠頭鴨、花面鴨等家族，躲在草叢、碼頭聒噪聊天，偶爾列隊在水中逡遊。

澄清湖的地標中興塔，樓高七層，建築風格傳統典雅，有八角塔身、琉璃飛簷、石柱迴廊。與塔相對，山門後兩列桃花心木指向新闢水塘，休憩的木造平台上，一對小姐妹執畫筆寫生，

媽媽靜自捧書在旁邊閱讀，母女成了水塘的動人風景。

腳步悠移間，隱約瞥見白色吊橋，細緻娉婷牽挽湖中小島——富國島，島上另有橋接湖心亭，綠瓦紅柱白闌干，貼吻湖水，亭身四面空，迎風、迎朝曦、迎星月，見過雅士在這裡拉胡琴、吹笛簫、放聲高歌，與清風曙光同笑。

吊橋對面，身形優美的鐘樓岸立，凝視著蔥籠林木。有黃杰將軍題句「如聞遠籟」、「可得清音」，想見晨鐘警勸、滿湖傾耳的清遠悠揚，暮鐘慨歎、數省功過的蒼茫動盪。

停步歇息時，涼風貼心拭去汗水，芬多精在鬢邊鼻間按摩。忍不住輕笑，忍不住歡喜，因為被沁涼擁抱，還有香甜入懷。一路綠傘如蓋，幽

微天光讓人忘了是大白晝，直等走出步道，眼前豁然開朗，見到豔陽的頃刻，真是會如夢初醒般大大驚嘆。

春日遊湖，廣闊湖水掀起想像無數；鳥蝶魚蝦、花樹草木、亭台樓閣，更為澄清湖留下美好敘述。走踏間，詩句偈語紛紛入眼入心，讓美景添加悟境，無情還是有情！

遊湖記景

種桂記

為了邀宴和風朝陽，為了饌飲花香樹影，我在廚房流理台窗前種了一棵桂花。

如此附庸風雅，只因這棵桂花迷人。來自改建眷村的五六十年老欉，形美骨粗，豐腴婀娜的身姿，卻是斑駁紋理的肌膚，滄桑歷盡韻味十足，夠老也夠雅。

樹，要有足夠的生長空間，位置適當才長得好。我因此大費周章，挖起原有的整排桂樹重新植栽。種樹，讓我對園丁的工作另眼相看。

直徑一米、深一米的幾個大洞，挖得我臉紅脖子粗，氣喘噓噓。挖植坑用盡體力，把樹連根帶土掘起再放進植坑，更是一大考驗。放根時看見四年來桂樹定根已深，側根多且粗，它們長得好是我的驕傲，卻增加移植的困難。

原本乾淨優雅的後院被挖得泥濘髒亂，自己都看了心疼。我沉住氣，趕在二〇〇四年聖誕節當天完成這「瘋雅」壯舉。當覆土完畢，拉起水管車沖洗後院、澆灌植栽時，我以為自己是「聖誕老公」，正把最美好的禮物送給老婆和家人。

園丁的考驗不止於種樹的體力，「移植是否成功」的擔心比勞力付出還沉重。

一日看三回？哪夠呀！我隨時盯著枝葉尋找答案。前兩週看綠葉是否枯黃凋萎，一個月後開始端詳枝幹，彎腰跨步湊近前，

仔細瞧，喔這棵樹皮冒芽點了，哇那棵枝梢長新葉了……

體力和信心之外，耐心也是園丁的必備條件。

等待的時刻，我唱歌給樹聽，唱得全身發熱，左鄰右舍常在高牆綠蔭中聽到我中氣十足的歪歌。園丁，是可以獨樂樂也可以眾樂樂的唷。

二〇〇五年罕見的三月寒流過後，老桂爺爺領銜，率桂子桂孫頂著赭紅嫩葉在春光裡與我相見歡。接下來的一整年它們花開不斷，甜甜幽香隨時都在鼻息毛孔間留連。

廚房流理台前，老婆倚窗凝視，淘米洗菜、烹煮擦抹時都見到鳥雀飛來枝頭嬉鬧覓食。餐桌碗盤間有樹影搖曳，柴米油鹽都拌入花香和鳥語。原來，園丁也是總舖師，在天地間料理創意和閒情，饗家人豐美的心靈盛宴。

二〇〇六年的耶誕節，整排桂樹儼然成牆，送來沁鼻清香。

走在後院，只覺得格外輕鬆，呼吸慢，思慮慢，情緒慢，氣息深緩平勻，意念從容周延，心情寬舒不羈。

襲人的幽香延續到二〇〇七年春，頭上身上經常附著細小桂花，或金黃或褐紅，帶進屋裡，自有活著的踏實。進入盛夏，它們收起花瓣，不斷吐出新葉嫩芽，竄高的身形遮斷豔陽，把酷暑燥熱隔絕在綠籬外。清涼，是它們額外的贈與。

廚房窗前種一棵桂花，讓人間煙火食著多一味「雅」。後院種一堵桂花牆呢？更好，生活步調因此得著一款「慢」。我送給家人的禮物，其實也是給自己的犒賞！

與樹談心

人到中年，不再像孩童、青少年那樣，高興即笑，悲傷即哭。快樂，不再是那麼輕易表淺的事了。

「面對壓力」，是人生歷練培養出來的態度和能力，可是，也會有無法承受的時刻。龐大的壓力總是造成負面情緒，把我困在「壓力鍋」中。大樹，幫助我化解這不快樂！

站在大樹前面深呼吸，閉目傾聽樹的言語。樹總是用緩慢低沉的語調，吟誦我聽不真切的詩篇。每棵樹都有自己的調子，我常聽入神了，內心湧出喜悅。凝視這些大樹，越是槎枒虯礫的身

軀，越是歷經風霜、展現力量。看著大樹，我了解：生命，自會有種種考驗。平順，不見得美麗；波折，才有驚心動魄的魅力。

大樹，替我鬆開壓力鍋的旋鈕。

翠綠的枝葉中夾藏著雜草和其他植物，像糾纏我的壓力煩惱一般，四處延伸。看著這些小東西，似也看到腦中不斷衍生放大的「沮喪、悲傷、挫折、懷疑、憤怒、恐懼」等負面情緒，細如髮絲卻千頭萬緒，死纏爛打，讓心頭那點清明靈智幾乎窒息。

站定身軀，我拔除枝葉中的這些雜物，也拔去心中的煩亂；專注於尋雜草藤蔓的根，同時剖析心中煩亂的源頭。當手上的收穫逐漸增加，心中的「不快、悵怏、憤懣、抑鬱」也逐漸分離、釋放。

大樹，讓我身心鬆弛，靈台一片平靜。

樹下好修行

當初在院子周圍種樹時，心中描繪著：有綠蔭涼風好消暑遮陽，有鳥鳴天籟好洗耳滌心。七八個年頭過去，從最初得意家有大樹，到後來面對落葉的負累苦惱，而今心頭清淨自在，種樹的好處因而再添一樁：樹下好修行！

照顧花草樹木，除了用心別無他法。不噴藥的堅持，樹葉年年都得蟲害，草皮長出許多雜草，花芽常被蟲兒吃光啃禿。我心疼，努力剪除敗葉枯枝，挑雜草、抓毛毛蟲，就是不用藥劑。沾滿泥土的手，摸過手指粗的毛毛蟲，挖到鉛筆粗的蚯蚓，抓過蝦

蟆蜥蜴，更好幾次捧起跌落的幼鳥。泥土，讓我親近生命。

森林中落葉堆積腐朽，成為肥沃土壤的養分，不掃，沒有人會說話。自家的樹，葉落院子巷道，即使鄰居不在意、用路人無所謂，看在愛美的我眼裡卻是如坐針氈，總要把地上紅黃枯葉掃除，露出原本潔淨的柏油路面，見到巷子庭院回復幽適，才會安心舒坦。

起先，我自問：種這樣會落葉的樹，好嗎？葉子掃了又掉，還要掃嗎？

種樹，當然好！落葉再多還是要掃。葉落、花開，是生命，是自然，循環不息。日日次次重複的打掃看似沒有意義，但擁有生命就該給予照顧；巷道很美，怕落葉壞了這美，更該打掃。

愛美的人連勞動也認為是生活美學；回饋大樹和天地既是義務也是情意，如同對家人。

更深入想：同一片葉子，在樹上時得到稱許，落到樹下就被嫌棄；但黃葉無枯榮，我自生發我自凋零，隨順因緣，一切只是自然。這就清楚看見自己有分別心，該掃除的是那份在意執著！

近距離觀察樹，不時撞見生命在樹上樹下跳躍爬竄、飛舞萌發，他們全都來去自然，因著生命本質行事。我每日例行的樹下打掃，也從而變成生命道場的修行。

樹，不只是樹

一直對「種樹的男人」念念不忘，也想學書中男人那樣種樹，種出一大片森林，種出微風流水。但倚賴文明慣了的人，怎樣能拋棄科技，用原始的、不破壞自然的方法去再造出自然呢？嚮往種樹男人的堅定、單純與強壯，卻只能就是嚮往了。

當然，我也種樹。在有限的土地上，用有限的金錢，種下有限的幾棵樹。幸好，心意是無限的。愛樹的心，使我珍惜周遭的每一棵樹，珍惜即將長出的每一株幼苗，也珍惜已然傾頹風化了的倒樹枯木。

珍惜，促使我觀察樹的姿態外表、開花結果與落葉。珍惜，促使我留意樹的生長發育、病蟲害照顧與修剪。珍惜，促使我發現樹的群聚部落，找尋蛀腐斷裂的樹頭樹身。

觀察，幫助我了解樹的生長史；留意，幫助我確定樹的健康狀況；而發現與找尋，讓我得以撿拾樹頭樹身，設法再造它的生命。只因為，珍惜！

腐朽了的樹材無法重新生根發葉，但它可以雕塑成藝術品。或者，改變僵硬的思考，讓它成為花器，來承接另一個生命；讓它變成一塊肥沃滋潤的土地，來栽種其他植物。用不同的姿態外表，延續它在天地間存在的事實。樹，可以不只是樹，也應該不只是樹！

燈

還是小小孩的年紀，煤油燈陪過我一個夜晚。

忘了是誰人闖了什麼禍，還是老師跟人吵架怎樣的，反正老師發大脾氣，派功課：回家抄課文，國語課本第一課抄到最後一課！

六、七歲的猴囝仔也知道碎碎唸：「阿娘喂，會抄死人喔。」從中午抄到日頭暗，才抄四課。平常早就在外面玩瘋了，只等上床睡覺，這回乖乖趴在飯桌上寫功課。

煤油燈點著。一顆豆子大的光亮在我的簿紙上作怪，昏黃的光點和我的筆玩捉迷藏，拉著黑影左搖右晃，我的眼睛像搖籃裡的紅嬰仔，漸漸睡去。

頭一碰桌子，「扣」，驚醒了。暗裡好像藏著什麼？我狐疑的往黑處看，有點害怕，趕快低頭寫字。

風跑進來吹熄油燈，故意把我關鎖在烏麻麻的漆黑裡，想聽我嗚哇哇叫。

「叫啥米？火花去擱點就是呀。」大人說。於是摸起番仔火，手指頭代替眼睛，擦亮。光的味道是香香淡淡的火藥味，看見光，溫暖又安心。

點著油燈再寫，可是連小小如豆的燈都貪睡，幾次滅去。我的手指也倦了，眼睛躺在搖籃裡更不想睜開。我守著課本和簿子，守著桌子和

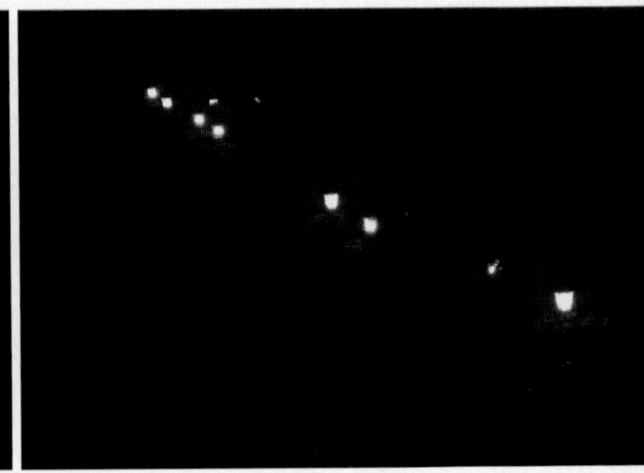

筆，守著自己用功聽話的心，卻守不住愛睏神！風什麼時候吹熄油燈呢？我不知道，到天光了還趴在桌上，喔喔睏一暝。

點油燈寫功課的事不再發生，因為「電」來了！

一根又一根黑黑的木頭，拉著細細長長的電線，手牽手走進我們村裡。大家收起煤油燈改用電火泡仔，轉捻開關代替擦亮火柴；光線一樣昏黃，仍然會風吹搖晃，卻怎麼也吹不熄。光，亮在頭殼頂，人在光傘下。風來，電火泡盪鞦韆，光傘就左移右挪打傘花，人的臉像淋雨樣被暗影落下罩住。

「電火」，這名字叫得真好。如火般的光亮溫暖，我在電火下看書寫字，像雞仔子偎在母雞

懷中。沒有烏痲痲的漆黑來捉弄，沒有番仔火和火藥味油煙味，功課越寫越晚，一粒電火守著我和書本，守著屋子和時間。

出社會後，第一年工作住在山裡，竹管屋竹編家具，雖然三餐吃食簡單，卻不至於茹毛飲血，夜晚還有燈火作伴。看遍白天的疊翠峰巒、澗谷泉岩後，靜寂黑夜點亮一盞燈，我看書寫字，捕捉心頭的吉光片羽。作息不受日頭升落的影響，黑夜看在燈的面子上，無息借給我幾小時的額度，讓我繼續心靈的耕耘。

陋室孤燈照，靜夜遊子思。還是一盞燈，守著工作前途，守著希望和理想。小小光傘下，孤獨被心靈咀嚼，津潤出紙頁上飽滿風采。關燈，看往屋外，黑濛濛的山影樹影，隱約有小點小點燈光。山裡人家相隔遠，燈，傳遞著彼此的音訊。小小光點釋放巨大溫暖，在曠野漫漶的黑暗中，撫慰我的寂寞。

夜裡的燈火，造就生命中一幅幅美麗風景，透著幸福和希望，一路照亮生活和土地，在我心中持續發光。

學做老圃

我家屋後有一條長形空地，這塊地讓生活充滿了驚喜。

原先，我們在空地上散步、乘涼、閒扯淡，言語說笑間，雜草、野花一叢叢、一簇簇的冒出頭來，長得還頗英挺可人，加上蛤蟆、蟋蟀、蝗蟲、蚱蜢、蝶、蛾、蜜蜂、蜻蜓等出入穿梭，野趣橫溢，自成一個生態世界，便就放著這塊地，隨它去造化。

然而，這麼一塊「大有可為」的空地，實在不該如此埋沒，於是腦海中開始揣想：它，可以是什麼用途？什麼模樣？什麼品味呢？

「種菜好。」做媽的奢望很久，想要有個菜園。

「種一排樹做圍籬。」做爸的想為全家人找個遮蔭。

「弄個烤肉區吧！」「行不行挖個魚池養魚呀？」「種些水果，可以邊摘邊吃。」「種花啦。」「設個健康步道也不錯。」孩子們有更多想法，一個又一個創意點子拋出來，每個都好，每個都讓我們無限憧憬。

想像畢竟不切實際，動手吧！

兩棵高大的玉蘭花種下了，加上一整排桂樹，全家人在樹下開講時，既有習習涼風，更有甜甜花香。玉蘭花供佛，桂花泡茶，圍牆外的人只聽得笑語，聞得花香，卻看不清此間狀況。樹籬，保全了我們的隱私。

媽媽有了菜園，輪番種下的白菜、油菜、莧菜、芥蘭、茼蒿、小黃瓜、蕃茄、芹菜、九層塔、蔥……不論煮菜、做湯、下麵條，隨時往菜園裡逡巡，總有材料可用。涼拌小黃瓜是全家人的最愛，吃得安心極了。

玫瑰花在桂樹旁亭亭玉立，剪下花枝插瓶佈置，碩大的花朵芬芳滿室，粉嫩的嬌容也讓客廳亮麗出色。大水缸裡養蓮花也養魚。擎著大小葉傘的蓮花，淨化了水質；孔雀魚優雅的螢光身影款擺在水中，曼妙輕巧，游出水族箱裡找不到的恣意快活。

收成固然興奮，改變的經過更讓我們津津樂道。

拔雜草、撿石頭、挖土、搬樹，耗盡吃奶力氣仍舊無濟於事；全身汗流浹背，手痛腰酸，累得兩腳發軟，狼狽不堪。腦中突然跳出：「吾少也賤，故多能鄙事。」的字句，咦，該為自己的「不賤」慶幸，還是要為自己的「不能鄙事」而

悲哀呢？

嚐嚐自己種的蕃茄吧。「哇，好酸！」看著眉毛、眼睛、鼻子、嘴巴擠在一團的臉，誰也沒有勇氣再咬一口試試。種了好一段日子的蘿蔔，挖出來看，白白嫩嫩，可惜只有手指頭粗，「縮水蘿蔔」！怎麼會這樣？炒好端上桌的菜，孩子居然說：「苦苦澀澀，不像市場賣的。」嗚呼，「吾不如老圃哉」！

可別說這些是「失敗」「挫折」，樂趣其實正在此：做不好就重來，找出原因和方法，一切都可以再期待。就連無法肯定的「這一次會不會成功？」都代表著將有一種發現的趣味。

發現，正是這塊地帶給我們眾多樂趣的主因。無論什麼時候，只要細細端詳尋找，總能看

出土地的一些變化，有的，是意料中如期出現；有的，是知道會發生，但不確定在何時；有的，則是根本在想像之外的。不管發現了什麼，土地所公佈的答案都讓我們飽嚐想像、期待、意外、得到等諸多心情起伏。

學做老圃，我享受到土地賜給的無限樂趣。

戀戀樹影

我有一塊地，在大貝湖畔。

那塊地約半畝多，方方正正很令我喜歡，不過最讓我喜歡的是地上的幾棵大樹：菩提樹、黑板樹、玉蘭花、芒果樹、鳳凰樹、印度紫檀、桃花心木、木棉花。很難想像：當初的主人是用怎樣的心情來種植這些樹。

在樹影搖曳中，立著一幢帶點兒土味的三層樓洋房。三十年的歲月，使房子顯得有些龍鍾老態，不過那十來棵高壯的樹卻正英姿煥發，我不禁想：房子和樹同樣依附土地生存，房子以龐然

大物的姿態初立起的時候，樹還只是它身邊柔弱的嫩苗；而今，樹昂然挺立在房子周圍，濃密的樹蔭早已吞食了房子；當房子的生命逐年殞沒，樹的生命猶指向無垠無界的天空！

樹，實在是最佳的景觀營造師！熾熱的陽光，因為有樹的巧手撥弄，幻化成輕盈跳動的精靈，在屋牆上、簷壁上、窗欞間攀爬嬉鬧，白晃刺眼的空間就變成明暗深淺錯落有致的圖畫。凝窒的空氣，因為有樹的款擺身軀，流洩出柔軟清涼的風韻，在耳鬢

裡、指縫間、衣襟上淺笑低語，蕭條寂寥的氣氛遂化作滌慮俗塵洗淨凡念的活泉。樹，在它頂上擎舉葉傘，為藍天白雲扯開一張綠毯；樹，在它腳下鋪陳落葉，為泥土花草蓋上床暖被。樹，把它所屬的世界照拂得鮮活靈動、迷人至極。

三十年的老房子，因為建材老舊安全堪虞，必須打掉重建，我估算，只要一兩年，簇新的屋樓就可完工使用。但是，遷移這些樹，卻未必株株能活，而我絕不可能用一兩年，就種出這樣壯碩勁挺的大樹。

我的這塊地，因為有了這些大樹，也就有了盎然生機，婆娑樹影正訴說著一個永無止境的希望。

鳥兒，有巢ㄕˋ

聽慣院子裡啁啾鳥語，對於他們的住房開始好奇。觀察多時，果然發現幾個鳥巢，甚至還親眼目睹築巢經過，工程進度一清二楚。鳥兒，不但巢室各有特色，牠們的巢事也頗多曲折。

巢一，珠頸斑鳩的家。其實只是幾根樹枝橫七豎八，粗略的拼排成淺盤狀，築在高約五米的玉蘭樹上。不會飛的幼鳥跌落下來，在草叢裡噗噗拍翅，拾起來後聽見頭上有聲響，抬頭看，呀，又掉下一隻更小的鳥寶寶！親鳥不見蹤影，我只好當起鳥人爸爸，拿白文鳥的飼料用滴管餵食，又怕野貓咬抓，暫時先用雞

籠子養。怎料親鳥一直沒有出現，等幼鳥會飛打開籠子野放時，樹上那簡陋的鳥巢早已被幾番風雨打壞了。

巢二，綠繡眼的育兒簍。說是簍，因為顏色形狀都酷似竹簍，只是很迷你，約可放一個小柳丁。摸來柔軟稍微扎手，是用草編織的，做工精巧又牢固。我修剪樟樹，清理枝葉時發現這架在細枝上的小竹簍，已經鳥去簍空，又怕綠繡眼還要來找，把它掛回樹上。期間被風雨吹落幾次，絲毫無損，築巢功夫真是厲害。

巢三，斑文鳥的安樂窩。牠們選在羅漢松的最頂端枝葉間築巢，眼光獨到，巢的開口向下方斜側，既避雨又不易被入侵，很聰明。怕驚擾小倆口，我用望遠鏡觀察。牠們啣來一根根草兒，鑽進飛出忙了約一星期，巢築成了，穩穩卡在隱密的枝葉裡，大小約是一個一斤重的麻豆文旦，開口在側面靠近羅漢松主幹，很不容易發現。小傢伙警覺性高，總是一隻先探頭張望幾秒，飛出來後停在附近草葉上左右查看，等另一隻飛出來了再雙雙離去，挺有意思的。

巢四，麻雀的厝。俗稱「厝鳥仔」的麻雀，多半利用人類房舍現成的洞隙罅縫當厝。我就看到牠們鑽進屋瓦下，也曾聽見從線路管口發出的麻雀叫聲。春季的院子常會見到摔落的麻雀寶寶，剛孵出沒有毛的柔軟小生命不知是怎麼跌下來的，親鳥顯然照顧不周！比起綠繡眼和斑文鳥，麻雀的厝未免太草率了。當然也可能是遭遇不測，既有鳩佔鵲巢、杜鵑託蛋的事例，我很難判定這種悲劇是否另有肇禍兇鳥。

但其實，鳥兒們的巢只是供牠們繁殖的臨時產房、育嬰房，一旦幼鳥會飛，牠們便離巢而去。我撿到的空巢便是如此留下的。小時候寫作文，提到黃昏「炊煙裊裊，倦鳥歸巢」，當時以為鳥兒跟人一樣，每天晚上都回家過夜，現在知道，鳥兒當然有棲宿之處，但「巢」純粹為了交配生育，並非我以為的「家」。

過去，家中馴養的孔雀鴿子到了繁殖期也會有造巢行為。石膏做的碗是特為牠們買來做巢用的，但母鴿子一定要啣幾根草、羽毛、塑膠繩或葉子等其他什麼東西，放進去用身體壓平，完成象徵性的儀式之後，才會下蛋孵卵。甚至有一年，我把一堆舊毛線團放在鴿子籠前，發現也被叼進籠內碗裡。即使是被人類馴養的鳥禽，也還是依著天性。

觀察鳥兒生活，發現他們既有巢室，也有巢事，我因此戲稱牠們是有巢氏一族！

釀文學114　PG0989

捕捉生活中的美

作　　者　林加春
責任編輯　林千惠
圖文排版　張慧雯
封面設計　秦禎翊

出版策劃　釀出版
製作發行　秀威資訊科技股份有限公司
114 台北市內湖區瑞光路76巷65號1樓
電話：+886-2-2796-3638　傳真：+886-2-2796-1377
服務信箱：service@showwe.com.tw
http://www.showwe.com.tw
郵政劃撥　19563868　戶名：秀威資訊科技股份有限公司
展售門市　國家書店【松江門市】
104 台北市中山區松江路209號1樓
電話：+886-2-2518-0207　傳真：+886-2-2518-0778
網路訂購　秀威網路書店：http://www.bodbooks.com.tw
國家網路書店：http://www.govbooks.com.tw
法律顧問　毛國樑　律師
總 經 銷　創智文化有限公司
236 新北市土城區忠承路89號6樓
電話：+886-2-2268-3489　傳真：+886-2-2269-6560
博訊書網：http://www.booknews.com.tw

出版日期　2013年8月　BOD一版
定　　價　260元

國家圖書館出版品預行編目

捕捉生活中的美 / 林加春著. -- 一版. -- 臺北市：釀出版, 2013.08

面； 公分

BOD版

ISBN 978-986-5871-70-3 (平裝)

855 102012932

讀者回函卡

感謝您購買本書，為提升服務品質，請填妥以下資料，將讀者回函卡直接寄回或傳真本公司，收到您的寶貴意見後，我們會收藏記錄及檢討，謝謝！如您需要了解本公司最新出版書目、購書優惠或企劃活動，歡迎您上網查詢或下載相關資料：http:// www.showwe.com.tw

您購買的書名：＿＿＿＿＿＿＿＿＿＿＿＿＿＿＿＿

出生日期：＿＿＿＿年＿＿＿＿月＿＿＿＿日

學歷：□高中（含）以下　□大專　□研究所（含）以上

職業：□製造業　□金融業　□資訊業　□軍警　□傳播業　□自由業
□服務業　□公務員　□教職　□學生　□家管　□其它＿＿

購書地點：□網路書店　□實體書店　□書展　□郵購　□贈閱　□其他

您從何得知本書的消息？

□網路書店　□實體書店　□網路搜尋　□電子報　□書訊　□雜誌
□傳播媒體　□親友推薦　□網站推薦　□部落格　□其他＿＿＿＿

您對本書的評價：（請填代號　1.非常滿意　2.滿意　3.尚可　4.再改進）

封面設計＿＿　版面編排＿＿　內容＿＿　文／譯筆＿＿　價格＿＿

讀完書後您覺得：

□很有收穫　□有收穫　□收穫不多　□沒收穫

對我們的建議：＿＿＿＿＿＿＿＿＿＿＿＿＿＿＿＿

＿＿＿＿＿＿＿＿＿＿＿＿＿＿＿＿＿＿＿＿

＿＿＿＿＿＿＿＿＿＿＿＿＿＿＿＿＿＿＿＿

＿＿＿＿＿＿＿＿＿＿＿＿＿＿＿＿＿＿＿＿

請貼
郵票

11466
台北市內湖區瑞光路 76 巷 65 號 1 樓
秀威資訊科技股份有限公司 收
BOD 數位出版事業部

（請沿線對折寄回，謝謝！）

姓　　名：＿＿＿＿＿＿＿＿ 年齡：＿＿＿＿ 性別：□女　□男

郵遞區號：□□□□□

地　　址：＿＿＿＿＿＿＿＿＿＿＿＿＿＿＿＿

聯絡電話：(日) ＿＿＿＿＿＿＿＿ (夜) ＿＿＿＿＿＿＿＿

E-mail：＿＿＿＿＿＿＿＿＿＿＿＿＿＿＿＿